自在北碚

第二届缙云诗会作品集

中共重庆市北碚区委宣传部 编

西南师范大学出版社
国家一级出版社 全国百佳图书出版单位

图书在版编目（CIP）数据

自在北碚：第二届缙云诗会作品集 / 中共重庆市北碚区委宣传部编；江绪容主编 . -- 重庆：西南师范大学出版社，2021.7

ISBN 978-7-5697-0948-3

Ⅰ . ①自… Ⅱ . ①中… ②江… Ⅲ . ①诗集－中国－当代 Ⅳ . ① I227

中国版本图书馆 CIP 数据核字（2021）第 109669 号

自在北碚：第二届缙云诗会作品集

ZIZAI BEIBEI:DI-ER JIE JINYUN SHIHUI ZUOPINGJI

中共重庆市北碚区委宣传部　编

江绪容　主编

责任编辑： 张　昊

责任校对： 张　丽

装帧设计： 观止堂_未　氓

排　　版： 张　艳

出版发行： 西南师范大学出版社

地址：重庆市北碚区天生路2号

邮编：400715

印　　刷： 重庆友源印务有限公司

幅面尺寸： 145 mm × 210 mm

印　　张： 7.75

字　　数： 155千字

版　　次： 2021年7月　第1版

印　　次： 2021年7月　第1次印刷

书　　号： ISBN 978-7-5697-0948-3

定　　价： 68.00元

编委会

代序

站在历史新起点的中国诗人和诗歌

吉狄马加

十三届全国人大常委会委员，中国作家协会副主席、书记处书记

尊敬的各位领导、各位诗人朋友，特别是我们西南大学附中的老师、同学们：

大家晚上好！

在第六届中国诗歌节举办之际，我们来到了美丽的北碚，来到了附中，来参加缙云诗会，我想对于我们所有的诗人来说都是非常荣幸的，因为大家知道这一次我们在举办中国诗歌节，特别是又在举办第二届缙云诗会的时候，正值我们党的十九届五中全会刚刚闭幕，全国上下都在深入学习贯彻党的十九届五中全会精神，都在认真学习解读“十四五”规划建议和 2035 年远景目标。在这样一个背景下来参加这样的活动，这对于所有参加诗会的诗人和今天所有到会的朋友，我认为都是极大的鼓舞。

今年是“十三五”的收官之年，也是我们决战决胜全面建成小康社会最关键的一年。我们很快就要实现第一个百年奋斗目标，明年开始第二个百年奋斗目标即将启程。我们现在是站在“两个一百年”奋斗目标的历史交汇点上，对每一个

中国人而言，无论是面对我们的祖国，还是面对世界，我想我们都是非常自豪的。这个自豪，很重要的一点就是，首先我们第一个百年奋斗目标的实现，解决了可以说全世界都很难做到的事情，就是在党的十八大以来我们在减贫的数目、减贫的质量上，在全世界创造了一个奇迹。同时大家也知道，今年上半年，在以习近平同志为核心的党中央坚强领导下，我们成功取得了抗击新冠肺炎疫情斗争重大战略成果，现在我们国家的经济社会生活已经恢复了正常，在全世界几大经济体中，唯有中国经济实现了正增长，这再一次证明了我们社会主义制度的伟大，也体现了中国共产党领导的优势。这些我们都是感同身受的。

在这样的时候举办第六届中国诗歌节，包括今天来到北碚参加第二届缙云诗会的诗人们，还有我们首届“巴山夜雨诗歌奖”的获得者，都会感到非常的欣慰。因为在这样一个环境，在这样一个历史条件下，我们来举办这样的文化活动，我想我们更有底气，对我们的文化更有自信。自古以来诗人都与巴蜀有着特殊的联系，无论是四川还是重庆，诗歌底蕴都非常深厚。我们回望几千年的中国诗歌史，尤其是过去一百年的中国诗歌史，会发现许多伟大的诗人都有游历我们这片土地的经历，虽然他们现在已经离我们远去了，但是他们的作品，尤其是他们的精神已经成了我们中华民族文学经典中不可分割的一部分，已经成了我们最珍贵的思想文化和艺术遗产，这些都是我们前行的很重要的精神动力。

另外我想说，我们重庆，尤其是北碚，具有非常浓厚的诗歌文化传统。在近现代文化史上，诗歌史中的很多重要诗人都在这个地方生活过，在这个地方留下了一些很重要、具有典范意义的诗歌。特别是 20 世纪 80 年代以来，我们大家都知道在当时叫西南师范大学，现在叫西南大学的地方，建立了我们国家最早的中国新诗研究所，这个研究所成为中国诗歌的研究中心之一。可以说这个新诗研究所为推动百年诗歌的研究发挥了很重要的作用，培养了很多人才，有很多重要的诗评家从这里走出去。以吕进教授为代表的一批学者，为研究中国现当代诗歌发展的历史做了大量的很有成效的具体工作。我觉得越往后走，我们越可以看到中国新诗研究所取得的成绩和发挥的作用。随着时间的推移，中国新诗研究所会越来越显示出它的重要性。另外我们身边的朋友，像著名诗人傅天琳，也是从我们北碚走出去的“果园诗人”。这么多年来她一直是中国诗坛身心不老的开不败的花朵，她不断地在写作，有很强的创作能力。这些都反映出北碚具有很好的诗歌文化环境，也有一个很好的创作条件。我们现在举办的这个缙云诗会，也是一种文化积累。我们要把这样的一种文化积累变成一种自觉，我们的诗歌写作，我们的诗歌理论研究，我们的诗歌活动，我认为只要在这片土地上发生，就能够变成当下的、现场的一种东西。如果往后走，就能变成一种历史，会成为时间深处的一种精神积累。所以我们刚才在看这个短片的时候，看到参加上一届缙云诗会的诗人，会觉得很亲切。

我今天在酒店里面，看了我们这次诗会编的几本书，我看到很多诗人的名字在上面，觉得很亲切。我就在想，这些作品如果一件一件地通过我们的诗会来进行推动，而又一届一届地把缙云诗会举办下去，我相信这些作品也会随着时间的推移成为我们诗歌财富中不可分割的一部分。有的作品经过时间的淘洗，经过读者的选择，最终也会留下来，像我们今天回望我们伟大的唐朝这样一个诗歌黄金时代所留下来的诗歌典范一样。

更重要的是，现在我们国家正在迈向一个很重要的历史目标，我们最终要实现中华民族的伟大复兴，在2035 年我们要基本实现社会主义现代化，这需要我们大家的共同努力，也确实需要我们的诗人处理好我们和这个时代的关系、和人民的关系，要用我们的笔去书写这个伟大的时代，见证我们人民创造美好新生活的实践。我们也要通过书写，让我们的作品像我们先辈的作品一样成为中华民族伟大诗歌传统的一种积累、一种丰富，这样，我们才不辜负这个伟大的时代。

谢谢大家。

2020 年 11 月 7 日

根据吉狄马加在第二届缙云诗会“巴山夜雨诗歌奖”颁奖典礼暨主题朗诵会上的讲话录音整理

目　录

曹文生

陕西省作家协会会员，首届“巴山夜雨诗歌奖”一等奖得主。

君问归期未有期

以游子的身份归乡，把这首唐诗作为礼物，赠予
巴山夜雨
或许，在那些消散的日子里
我发现每一个动词，都裹紧夜色覆盖的沉重
旧，是一个值得回忆的文字
我在线装的古书里，遇见那个夜晚
我与每一句诗辩论、博弈
我看见这首诗的语法与修辞，不停地夹带着
时代的光明
这几千年的时间，也不过是一声长叹啊！
民间故事，夹带着泥土气息的哲学
我从中掏出瓷器般光亮的幸福
在李商隐打造的诗国中，按上思念的指纹

我站在北碚的大地上仰望星空

那些白云散去，缓解着夜雨般的旧词

那个夜晚，一个无法模仿的人间

我整理李商隐生平的账目

看见那些绵长的惆怅，正一字一字地掏空我悲悯的内心

就在这一个黄昏里

我用尽了一个唐朝的好运，去打磨夜深的空寂

那个漫长的黄昏啊，脆弱的像一件陶器

我从这一句诗里掏出他一生的坎坷

掏出风雨与五谷寄养的思想

那个夜里，我在他身体的遗址上，遇见那一盏夜灯

东方潮涌　马冀渝 / 摄

巴山夜雨涨秋池

巴山，是时代的一个归属
许多人不远万里在白纸上返乡，不过是想听听你的声音
夜雨寄北的情绪，与我无关
我站在黛湖的岸边，彻底把自己交给了时间
孤独是文化里盛大的开场
狮子峰、香炉峰，是孤独生出来的邀请函
天下游客在巴山夜雨的美学中重塑自己
有人从巴山处看见唐诗里生出来那些炊烟，不过是一本旧账
我跋山涉水，和雨中的孤独下一盘棋
给唐朝写一封家书，笔落白纸
我写下巴山，我看见那一个个汉字带着温暖的力量与我拥抱
它们穿越过那个夜晚，用一场雨洗净我的内心
我一次次为李商隐唏嘘
这千年安宁的文字，突然流出几滴浊泪
是时候整理一下受伤的羽毛，躲进这雨中栖息
我面对着那个夜晚
希望做一个提灯的人，返走在长满青苔的石径上
叫醒巴山的每一滴夜雨
这雨中跑出来的每一个文字，都对应一个声音：
空山已晚

何当共剪西窗烛

一盏灯的思想，时刻燃烧着我
这些年，我独宠巴山夜雨，它安静于山谷
像极了我的祖母
我在巴山的大地上种下文字
那些字，谦卑如我，深刻如我
巴山夜雨的意义，不过是用文字打捞出光阴
群山向我施压，我宁愿躲在一盏灯下
去丈量万物的寂静
繁衍众生的母语，遇见巴山夜雨的沉默
一把剪刀，会遇见西窗下的火焰
我宁愿想起白云，想起那些细小的尘埃
被夜雨打湿新绿的群山中
我看见一首诗的寂静向我缓缓走来
万物皆低于我，我在灯火的思想中看见辽阔
我窥探一个人半生的光亮
这巴山，指正着群山空寂的慈悲与庸常
我侧耳恭听，听见文字里的驿站，正快马加鞭
为我送来隐喻
那个骑马人，把一首诗的命运交给我

却话巴山夜雨时

沉默的静山，是一张历史的脸孔
我用目光去擦拭灵魂，却找不到人去讨论晨夜和朝露
光阴消逝，应该从辽阔处看见江水的盛况
在嘉陵江的岸上，我听见江水嘶鸣
似乎让我想起了一个人的唐朝和久远的人事
我在一场酒事中，抵达唐朝
薄酒一杯，只身奔赴巴山
我在《全唐诗》里看见你，你夹在旋涡中
发出孤独的长啸
我在灯下，看见窗外的大地，空有一副空寂的骨架
有谁知道李商隐内心的疼痛，正用诗治疗
我反复去诵读
每读一次，世界就安静一回
忘了那个落寞的背影吧！
杯子空了，诗还在
我在诗中散步，看见沦陷的文字，在我的面前生出白发
人间啊！这浅薄的人间
也不过是李唐的江山，吹着李商隐的浓愁
我们在大地上行走，去皈依一人、一灯、一山、一夜雨

陈于晓

陈于晓，浙江省作家协会会员、中国诗歌学会会员、中国散文学会会员，著有诗文集多部，首届“巴山夜雨诗歌奖”三等奖得主。

一碗北碚的烟火

“码头没有轮渡”，刚好找个理由
泊下一碗人间烟火

晚风吹，吹拂嘉陵江
云影跳荡，一江潮湿的灯火
缤纷了酒意。一些脚步缓慢下来
而另一些，则在以音乐的节奏
踮起时尚的脚尖

一些在闹中取静，如同一些
在静中取闹。小吃、美食
琳琅的诱惑；烧烤、麻辣
皆是生活的色泽。抱个椰子
就进了热带记忆；来杯甜品，不经意间
走回一个童年

滨江路，在兜风的小摩托下
晃悠着。往事仿佛偶尔还会激荡一下
你坐在氤氲的味觉中
如同藏身在某一只摇篮里

夜市如同一只大棋盘
每一个摊都是固定的棋子
我们像是棋子在走动
下多久都不分胜负，光与影浪漫成谜

闯过码头，以及没有闯过码头的人
是否都看见，有几尾鱼
上了码头。渔船，不渡，今夜也不夜
此刻，微醺在嘉陵江的流年里
偌大的北碚，不过一碗火辣辣的烟火

码头没有轮渡　杨世兰 / 摄

入偏岩古镇，淋一头雾水

某一片悬崖一旦倾斜
便生长出一座活色生香的偏岩古镇

白墙、灰瓦、青石路
年月一久，除了人家
总觉得镇上还住满了善良的小精灵
比如，荣枯了很多年的黄葛树
遍历了雨雪风霜的石头
那个褪色的吊脚楼，也是精灵吗
祖母说过，老的事物都在说话
话中藏着很多人世间的秘密
只是我们通常听不懂

黑水滩河，是古镇摆下的龙门阵
常年絮絮叨叨，偶尔抑扬顿挫
古戏台上的唱腔和禹王庙的香火
都被水声浸湿过，更多被水声浸湿的
是在日复一日中，按时升起的炊烟

石桥可以慢赏，临水的客栈宜小住

清晨，撩开一帘晨曦

淋一头雾水，恍惚入了水乡江南

流年不动声色，动声色的是流水

水浅而清澈，时而滚烫

仿佛古镇那一抹滚烫的灵魂

偏岩古镇　陈远鸿 / 摄

夜雨中的北碚

巴山这么大，即便是那郁郁葱葱的绿
也可作倾盆雨，落上好几辈子

这一场，北碚的夜雨
也落在晚唐的某一个秋天
一星烛火，在某一个黄昏飘荡
一个影子，投映在烛光里，清瘦
我若回到那一晚，该在何处入座

谁问的归期？我不问
雨听久了，心安宁了
就不问了。只道心安，北碚就是故乡
这夜雨，既涨了秋池
自然也会涨春池，夏池抑或冬池

这是北碚西窗的烛
想必那人也是可以来北碚共剪的
就在这巴山夜雨的夜
就在这绵长的走不出的巴山夜雨里

今晚，我提着一盏属于我的灯火
在北碚的夜雨中行走，不吟诗
也不“寄北”，只听雨声滴答滴答
打湿一整条嘉陵江
打湿大都市重庆的一座花园

这夜雨的北碚，是我的一尾梦乡
我将栖居在它的辽阔之中

在北碚，做一尾鱼

行走北碚，听到最多的是泥土中的
拔节之声，阳光声，瀑声
以及风吹绿涛的无垠回响

在北碚，空气是绿的
空气流动而成的风是绿的
只有嘉陵江的水，绿得超出了绿
就蓝着，像北碚的天空一样地蓝着

绿是水的色泽，蓝是海的浩瀚
在北碚，在这片可以深呼吸的时空中
我始终有做一尾鱼的冲动
我常常怀疑我长出了巨大的腮

在北碚，在朗朗上口的翠绿中
我是用泳姿行走的
萦绕着我的，或者我所划动的
是一阵一阵澄澈的水花与涟漪

烟雨黛湖　秦廷富／摄

傅天琳

中国诗歌学会原副会长，重庆新诗学会会长，全国文学奖获得者，鲁迅文学奖获得者。

雨中缙云

连续三天一直下雨
让心中藏着太多雨水的人
如逢知己

那是从唐朝一路下过来
为诗会准备了一千年的雨

有一场约会
一定和雨有关。既然巴山
既然夜雨，既然又来了一株一株
收集雨水的湿淋淋的人

准是神谕天降
一列轻轨，一辆中巴
载的全是诗歌，坐的全是李商隐

自信笺寄出雨水以来
晚唐流行弹拨乐
用古琴、琵琶、筝弹出的雨声
与这个下午一路相随

雨声拨开山的门楣
雨声让树叶与树叶相互撞击
雨声在两只白鹭的身体里荡漾

它们弯曲的颈脖像闪电
顶着一枚雷霆在雨中缠绵

一个诗人，听着听着
不由得眼泪呈滴状，爱情呈雾状
激情奔涌呈瀑布状

一滴一滴一滴滴
一滴滴雨抱在一起
就是渐渐大起来的黛湖
就是心中涨了的秋池

还有什么比诗歌更久远
一首七绝，浸在弥漫古今的水雾里
已美到令人忧伤令人窒息
美到忘了归期

但我还要提着满满一笼烟云赶路

一个盘旋，穿越点点滴滴，在缙云山

在老年，大雨转中雨

雨中缙云　吴祥鸿 / 摄

路牌说

路牌说
它们曾经叫清合路学园路金佛路
现在叫北京路上海路南京路

路牌说
光芒总是来自浸血的土地
前方沦陷一座城市
后方站起一条街道
一块路牌，就是半壁河山

路牌说
现在你正走在上海路上
前面就是银行邮局
博物馆图书馆文化馆
就是商场学校
就是万家灯火中
你要住的黄蒙蒙的温馨酒店

路牌说
如果你一直走一直走
有可能真的走到上海
走到淞沪会战
走到你出生之前
你会看到天空扔下成吨的钢铁

看到你年轻的军人父亲

全身开满血色玫瑰

眼里喷出火焰

路牌说

请记住在西南

有一座铁骨铮铮的柔美小城

叫北碚。一草一木都是历史

一街一巷都是故事

路牌又说

居安思危

天下并不太平

龚学敏

中国诗歌学会副会长，四川省作家协会副主席，《星星》诗刊主编。

在北碚雅舍致梁实秋

山城潮湿，我把你写过的那些字
聚拢来，用酒驱寒
把生锈的字打磨出初衷，江风再凉
也吹不落星宿
给残疾的字正骨，缠良知的绷带
依旧四四方方
如你刚写出的模样。酒过三巡
我要率领所有字，举起最温暖的
偏旁部首，向你致敬

给蒙尘的书籍去杂草，用真实
注解良心的疆域，笔力如同你站直的
身影。翻一页你的书
我的外套就像挨了你一记耳光
那永不受凉的良知
在十月的江面上号啕大哭
哭声被风送远
大风过后，我要率领你写出的所有书
用不同的版本，向你致敬

我要率领北碚所有新建的大厦
向你致敬，因为

北碚所有的石头，都被你砌进

一本叫作雅舍的书

砌成大江大河深处最梁实秋的

一股清流

雅舍　吴祥鸿 / 摄

缙云寺

钟声敲一下，便把天空抬高一点点
让低头的人，有了仰望的自由

钟声敲出一块云朵
登山的人脚下便多一块石头，夜幕
是最大的一块石头

代替钟声的还有鹳的鸣叫
羽越轻，我的匍匐便越幼稚
像落在雪地上的诚实
风吹即化。人世如同一场薄薄的雪
被雁过时留下的名字
压得喘不过气来

铆钉一样钉在云朵上的寺院
时间一久
该吹走的，吹走了
该流血的，流缙云的血，抱着山
痛哭

黄劲松

黄劲松，中国诗歌学会会员，中国作家协会会员，昆山市作家协会主席，首届“巴山夜雨诗歌奖”三等奖得主。

嘉陵江叙事曲

它轻柔地经过青山的屏障

穿越了时光的苍茫，在陌生的岸边

换洗衣服，在身体上贴上标签

缙云山、牛鼻峡、胜天湖

隐含着秘密、路径、理想和启明星

仿佛码头被一一标列

仿佛水杉的倒影得到了往时的想象

在转折的音符中，它是长江一段壮美的合奏

在芦苇的尖上，与鸟群一起飞翔

离开了暗的空间与石头中的牙齿

嘉陵江将到达一切事物的中心，通过渡口

孕育蓝色的课本，在明珠般的文字里

达到一个高潮的部分。而柔软是今日的绸缎

必定通过了引用者的逻辑

把一座城的相思摆放到一切水波中

峡口余晖　明建 / 摄

缙云山，或者历史学

历史的定义从远古的岩层中启发了人群
光与城池的粒子，经常地歌咏
在温塘峡西岸的晨昏中找到了注解
谁贴紧了一座山的心脏，聆听倾诉者的声音
从低沉走向高亢，到达了思考者的家园
在缙云山，果实还没有成熟
青春的骨骼尚在生长中，与开始的记录相似
有一些必要的逻辑需要理清，譬如
林海的苍茫和奇峰的耸翠，走兽的辞章与峨眉的意义
在此在的春光中，掀起接纳或者畅想的风潮
唐朝的照壁在一曲颂歌中想念着一个朝代
在楼阁的闪耀中畅想绿色的叶子
在记忆的角落，收获马蹄与羊群
生存的律法因此而高昂，抚慰了每一部戏剧
人们在攀登后重新确立坐标
在远方的大水中遇见了眺望的帆影
词和兴亡被记录者标注上了符号
那么，一座山峰的荣誉必然与到达者有关
甚至是艺术、美好和深沉的谣曲
甚至是革命和浪漫主义
黛湖和狮子峰，允许了人们的抵达
在光阴的磨合中，人们得到了自己的时代
这有关于命运的簿籍，有关于尊敬与理解的法则

江东瘦月

本名谢爱平，副刊编辑，中外散文诗学会会员，江苏省作家协会会员，首届“巴山夜雨诗歌奖”二等奖得主。

乡 愁

君问归期未有期，巴山夜雨涨秋池。
——【唐】李商隐《夜雨寄北》

余晖中的大唐遵循凡例：大半软糯文字作诗
取仓廪内的高粱、粳米小半酿酒
开坛香十里，多半定向定量供应朱门
饥馑日久的诗人，且抓一把酒糟
大批量发酵馊涩味的明喻

李白是“飞流直下三千尺”的庐山
杜甫是“一览众山小”的泰山
而李十六自谦为嵩山浓云下的秦川树
山不在高，树也不必奘。灌木以山岚作头饰
便深不可测，高不可攀
任雾霭、露珠与云霓勾兑。结晶为雨，冷却为冰

雨。夜雨。巴山夜雨
粘贴着地理标志商标的字样
雨斜如牛毛，垂似米线
那嘀答韵脚，惹得秋池涨了又涨
黛湖咋样了？缙云寺进水没？
相思岩的泪，何时沥干？由他去吧
剪烛的利器被北碚剪纸人“霍霍”磨砺
恭恭敬敬地，供奉座上

芳华已逝，春梦已醒。不如归去
且将农夫望岁之志了结
循着蚯蚓拱出新土的蜿蜒和怯生生的鸟鸣
无人邮寄寒衣的穷酸诗人洄游

回来就好！与乡情的柿饼久别重逢
与四十年前老屋上的乳牙邂逅
得空了，把西窗下练就的手艺炒到娴熟
顺便，擦拭锦瑟上蒙垢的岁月
那张舂米的石臼最知晓乡民胃袋的健疲

乡愁才是最痛骨锥心、糜烂日久的失恋
村庄的榫卯开始松动，用唐诗作楔紧固一把
领养一大帮子嫩草野花、光着屁股的野娃
青蛙、苍鹭、灰雁、夜莺都是直性子
红趾白喙的隼欲语还休。老家的内伤暗疾已久

世道病了，顺道采摘些金银花
山里的何首乌，能棒喝早生的白发和往事
文火煎汤，让家园清清热排排毒
捏着鼻子，且囫囵喝下半瓦罐愁苦

晚唐的朦胧月，点亮 20 世纪 80 年代的秋
我撩拨巴山的雨帘，捎两袋诗稿
诚惶诚恐地，轻叩一代宗师的家门
拾掇半杯残羹冷炙，调制现代诗的酒药

在教科书里，在祖师爷的墓碑前
在一望秋池边，我贪婪地啜饮朦胧诗的活水
《夜雨寄北》是最吸睛的外一首
言浅意深。返程有多远，相思便有多长
飘忽的背影里，凹凸着缠绵悱恻的诗歌脸谱

金色田园　秦廷富 / 摄

蒋登科

西南大学中国新诗研究所教授、博士生导师，中国诗歌学会常务理事，重庆市作家协会副主席、西南师范大学出版社副社长。

磨滩瀑布

我熟悉磨滩，熟悉梁滩河上的这一处断崖。

真是奇妙啊，这里并不是山地，缓缓流淌的河水，却突然跌落，几十米垂直而下。需要多大的勇气，才有这样的惊心动魄！

一年的大部分时间里，断崖耸立，刀切一般，仿佛大地上的一处伤疤。这错位的河段，恰似相依但无法相拥的兄弟。只有丝带一般的细流，暗示着它们血脉相连。

彩虹飞瀑　陈飞胜／摄

我喜欢在河边散步，一个人，静静地。从崖上到崖下，从上游到下游，其实也是从都市到了乡村，从人群到了自然。轻轻流淌的河水带着沿途的人世滋味，温柔地抚摸大地的忧伤。

不要以为温柔就是梁滩河的风度。

雨季的洪流在这里汹涌下泄，震天的声响突然惊醒梦中之人，升腾的雨雾打湿了多少赞叹，彩虹升起的时候，曾经的伤疤变成了五彩的花瓣，如梦似幻。

雨雾扩散开去，蔓延得很远很远，激活了多少激情，打湿了多少梦境，滋润了多少心田。

所谓安静，所谓温柔，都成为有些遥远的记忆。

如果梁滩河有生命，肯定能够感受到骨子里的疼痛。

但它停不下来啊，摔打都会疼痛，疼痛之后便是成长，便是一路顺畅，以另一种姿态拥抱滔滔的嘉陵江。

雾中缙云

缙云山总是那么神秘，就像一个美丽的身影，有时清晰，有时玄幻；有时沉默，有时轻笑。

缙云山总是那么低调，手牵华蓥，脚踩嘉陵，怀揣温泉，头顶蓝天，看不见一寸裸露的土地，秋夜的雨滴中听得出浓浓的相思。

我来自他乡，是大巴山的子民，客居在缙云山下，守望神秘的巴山夜雨。

长夜，风雨，涛声；思念，梦想，向往；愉悦，苦恼，迷茫……在北碚这片土地上交织出流淌千年的诗意。

雨，是缙云山的灵魂，是寄北之诗的意境。

缙云满天东方红　何静／摄

雨后的北碚，天空是透明的，没有一丝杂质。

雨后的缙云山更加神秘，轻雾、薄雾、浓雾，一层层缭绕着，盘旋而上，直达云天。

道路是朦胧的，树木是朦胧的，花草是朦胧的，人影更是朦胧的。

一切都是迷迷糊糊的，仿佛混沌初开时的模样。

其实，有一个影子已经足够，这影子来自千年的传说，来自林间的天籁，也许还来自没有边际的想象。

如仙如幻的影子，来自日日吟诵的诗句。

哪里见得到山啊，山在雾中，雾在山里；人在山上，山在梦中。

这个时候，不用管天有多高，不用管水有多深，不用管山下的阳光，不用管昨夜的梦魇，只需要静静地在雨雾中伫立或者漫步，那样的你很朦胧，也很清晰！

在缙云山，我感受过太多的细雨，沐浴过无数次清风，更体验过炽烈阳光中的凉意。在负氧离子极高的山林里，我是清醒的。

不要去理会虚幻或者雾霭，只要坚守，终究会遇到你梦想的人，或者影子。

如梦似幻的缙云山。

偏岩古镇

这样的古镇其实很多，就那么一条弯弯曲曲的老街，就那么一些破旧沧桑的房子，和满是履痕的石板路。

但这是藏在山里的古镇，是名叫偏岩的古镇，保留着三百年前一样的味道，那些蔬菜、水果，那些小摊、手工，甚至老乡们说话的声音，都是纯正的，带着古音、古韵，没有半点污染。

街头的戏楼依然是旧时模样，可以避雨，可以聊天，可以品茶，可以发呆。静坐久了，便有一种穿越的感觉，似乎回响着几百年前的演出，锣鼓喧天，余韵悠长。戏剧与人生、历史与现实，在小镇上延续、纠缠，似真亦幻。

不知道街头那几棵黄葛树，是不是和古镇有着相仿的年纪。我不能切开它们的树干细数年轮。但是，树枝上挂着的红布条告诉我，人们肯定把它们当成了神。这种膜拜，不知道是为了追忆小镇的过往，还是为了求得大树一般的生命？

最有韵味的是流过古镇的小溪，带着华蓥山的英气、胜天湖的豪气、大自然的清凉，虽然是涓涓细流，但偶尔也汹涌澎湃，很像山里人的个性，直率、豪迈，可以轻言细语，也可以话语如雷。溪边的吊脚楼、木窗花、红灯笼，在小溪的陪伴中更换了一代又一代，依然是过去的样子。溪中漫步的人，或嬉戏，或惊叫，或安静，在水中感悟着时间的流淌，或许还体会到一份生命的意味。

偏岩不偏，它驻扎在偏岩人的心里，也住进了每一个过客的生命历程。

漫步柳荫天渠

其实就是引水的灌渠。

因为悬空，向天而立，人们把它称为天渠。

千万别小看这条渠道，它以飞翔的姿势跨越沟壑，消除不平，连通了沟沟坎坎，疏通了大地的血脉。

它像一个默默行走的背夫，将华鍪山的甘泉，输送到广袤的大地、田野，给土地以滋润，给花草以生命，给大地以绿荫。

水往低处流。一块一块的石头架设起来的水渠，悬在半空，远看像一道道彩虹，近看却需要仰望。仰望是一种姿势，更是一种情怀。仰望之时，天渠和蓝天在一起，和白云在一起，远远超越了石头的本身和意蕴。

胜天湖还是那样翠绿，胜天湖的山泉依然长流。

天渠还在，已经不用它输水了，而是成了一种象征。

人往高处走。漫步天渠之上，仰望苍天，俯瞰四野，好像置身在一种别样的境界，心中遂升起一份精神的高度。

我好像听到了敲打石头的叮当声，仿佛见到了悬空的钢架、木架巍然耸立，仿佛看见来来往往的繁忙身影，同时听到了整齐的号子穿越长空，笼罩大地。

这是退休的水渠，柳荫曾经因为它而绿树成荫，粮食满仓。

这是屹立的天渠，就像一段历史，跨过了一个接着一个的沟沟坎坎，看旭日东升！

蒋芸徽

重庆市潼南区作家协会主席，重庆市作家协会会员。

在北碚金刚碑邂逅李商隐

在北碚金刚碑邂逅李商隐
他长衫飘云，发髻缠雾，身披巴山夜雨
眉宇间挂着一泓秋池

他和他的小马驹
飘零在飘零巷，像一片飘零的落叶
从唐朝飘零到“不左”的飘零巷

他是轮回或者穿越
是我梦回唐朝或者出现了幻觉
小棕马驮着黛湖的墨盘

他从缙云山取下一片云
蘸着嘉陵江的水，在云卷上狂草
“夜雨寄北”，那首寄北的诗，在温塘峡的江水里回旋
在“曾经富贵”的门庭，一贴
就是上千年

我恍然顿悟，李商隐压根儿

就没有回到京都

是逦逦的北碚或者北温泉温婉如玉

让他乐不思北

这群北碚写诗的人

注：“飘零巷”“不左”均为金刚碑古街巷名。

“曾经富贵”为金刚碑古街店名。

金刚碑　秦廷富／摄

天　渠

柳荫镇的水渠
又叫天渠，因为它横跨在云上
大山之上，如同一道虹
连接起每一座山的顶点

天渠又如同父亲
佝偻的脊梁。父亲的脊梁
原本是挺直的，为了天渠
他身负太重的石头，他的身体
和这些条石一起嵌入天渠

每一块石头，就是
一个鲜活的名字，随便喊一声
就有一个人立起来

那个时代，大地是红色的
二锤，大锤都充满了激情
随便喊一声，就可以
一锤定“荫”

水从天上来，经过天渠的
血管，再流进谷田

亢楚昌

四川省诗词协会会员，四川省诗歌学会会员，泸州市作家协会会员，首届“巴山夜雨诗歌奖”三等奖得主。

梅花与小镇

我很久没有回到那个沿河的小镇上
我只是在关注着，你的一些讯息
零星地散落如梅花
有一些雨水落下，装满了檐上的风
檐上的风，吹起了你的长发

我注视着阳光和你的舞蹈
无与伦比，我的光阴也被烙上一朵花
目光如玉的你，终会爱上的诗人叫“谷雨”

小镇上，已没有值得遗忘的人
唯有梅花不能辜负，诗酒趁年华

可是小镇也并非我的去处
我只是爱上了那里的梅花
我看到你，在秋天静默如斯
那些并不适合我想起的事情
在眉间提起，又在心头落下

梅花小镇 秦廷富 / 摄

山城往事·路过北碚

写这首诗的时候，车票已经有了另一个名字
阳光铺在雪野，我恰好关心着旅行的意义
我叫你的名字，在即将春归的季节
用自己喜欢的方式生活，譬如
在北碚写诗，诗歌便有了重新打开的方式

我终将作别你的眉眼，多年不见的故人
据我所知，你远嫁的城市生活着不少诗人
此时，看见阳光我便想起了你
阳光碾碎了一座城市的温度
想起当年，你的陪嫁是一颗星星

未知的事物最美丽，比如看你骑马归来
惊艳着落花，我就在这里看你

李琦

鲁迅文学奖获得者，黑龙江省作家协会名誉副主席。

缙云山一日记

那一天，缙云山上，诗人雅集
傅天琳发言，她的重庆口音
是这么好听——
天下的山，我最爱缙云山
深情的告白，连山风都为之鼓掌

我想起，三十年前
我在缙云山问路
一个年轻的女孩子轻抬手臂
你就跟着那条水走！
那一瞬间，我神情恍惚
诗人傅天琳，当年，是不是
也在这里，给陌生人指路
她那时十六岁，果园女工
青春的脸上汗水涔涔
一双大眼睛，清澈而透亮

如今，已是祖母的天琳
早已成为一棵诗坛的果树
动人的诗句，就是她的果实
她是诗人，也是缙云山的女儿
知恩图报，她还像从前那么踏实

一行行诗句，回馈着
当年的土地、阳光、雨水和养分

2020 年深秋， 一群诗人们
坐在缙云山上喝茶
山河如画，江水不舍昼夜
我们从细微的往事，说到辽远的未来
缙云山云雾缭绕，多么神奇
这山岭，明明环抱着我们
却同时让人，憧憬和仰望

湖中羞色　罗道全 / 摄

北碚怀萧红

彼时，黄葛树下，她经常久坐
手捧茶杯，望着逶迤的江水，沉默

她想起了什么？松花江，呼兰河
铁蹄下的故园，家乡的大雪？

国殇，离愁，伤病，朋友流散
恩师鲁迅，已住进坟墓几年

逝去的时光，在树下浮现
在此变成了文字，《回忆鲁迅先生》

她尚不知道，凶险的命运在不远处等候
这短暂的安宁，已临近生命的尾声

缙云山，是她最后游历过的山林
重庆，北碚，不久以后，就是香消玉碎

这个来自北方的年轻瘦弱的女人
多年以后，被尊为“文学的洛神”

八十年场景转换，又一场秋雨落下
黄葛树似乎若有所思，叶片晶莹，如泪花扑闪

李少君

《诗刊》主编。

在北碚

一

自在，据说是此地典型的生活方式
溪水相伴，花草长期驻扎在窗前
白云，随一声声鸟鸣不时地来探望你

孤独，由此打开深邃的境界
缙云山，就这样提升了你精神的高度

二

倾听了太多灵魂的诉说
北碚文化馆，绵延着悠远的记忆
一场细雨，薄薄地打湿清晨的石板地面……

我走过，披着一件历史的风衣
这文明传递的温暖，一直慰藉我到了现在

三

花鸟市场、广场舞、麻将和火锅
另一个时代里则是慷慨激昂奔走呐喊

到平民学校去教书认字去开启民智
那个挥动着报纸大声疾呼的长袍眼镜青年
一定是风靡一时的街头偶像

凭风看云　秦廷富 / 摄

四

北碚往事太多，仰望、沉思和叹息也多
心底就总想和这里发生一点关系
那就为之写一首诗吧

那些枫叶一样火红的岁月哦
写了，就应该像诗里写的那样去生活！

李元胜

鲁迅文学奖获得者，重庆市作家协会副主席。

@黛湖

只有怀抱湖水的人
才能看到真正的黛湖

他看到的湖更小
小的就像另一个湖的入口

小得像一个纽扣
把此刻景致、万古山河扣在一起

这一边是短暂的我们
另一边是永恒的宇宙

正是因为这种不对称的美
我们存续至今

渺小的我们，熟睡中
也不会放下紧紧抱着的湖

任凭桃花水母，代替我们
往返于两个世界

@狮子峰

登一座山，一定要上最高峰
我曾经这样固执多年
匆忙、迫切，有如星夜奔赴
山脚有蝴蝶，不停
山腰有寺院，还是不停
我对缙云山的印象
只是狮子峰的积雪
绝顶。雾的空无一物

如今，我逗留于一本书的开篇
逗留于迈进禅门前的时刻
我甚至想回到
自己人生的山脚
那时多美，一切皆在仰望中

满足于俯身往事
满足于荒草无边的溪谷
这座山，曾像我一样盘桓于此
它最终拾级而上时
放下了所有来路和归途

黛湖美如画　秦廷富 / 摄

如今，我爱着此间的庸常

对非凡之物，止步于遥望

夕阳下的狮子峰

不再是我的必登之地

甚至，我警惕着

此山和彼山的高处

一如警惕心中的积雪

梁 平

中国作家协会诗歌委员会副主任，四川省作家协会副主席，《草堂》诗刊主编。

我在缙云山寻找一个词

缙云山不在三山五岳排位上，
也从来不觊觎那些与己无关的名分。
身段与姿色与生俱来，一次不经意的邂逅，
都可以成为永远。

很多走马的词堆积在山上，
被风吹散，比落叶还轻，不能生根。
所以我不敢给山形容，不敢修辞，
不敢自以为是，牵强附会。

缙云山不说话的石头饱读诗书，
拒绝抬举，拒绝粉饰，拒绝指指点点。
缙云满满的红，让人的想象无处留白，
七彩逊色，所有的词不能达意。

一只鸟在陶乐民宿的木栏上瞌睡，
它的稳重让我惊叹不已。
我深信那是我见过的鸟，那年，
它醒着，四周安静得能听见露珠的呼吸。

缙云山端坐如处子，还是那么年轻，
而我和所有的人已经老态龙钟，
我感到羞耻。叽叽喳喳里惊吓出一身冷汗，
害怕那只鸟醒来认识我，无地自容。

面对缙云山满腹经纶，我寻找一个词，
搜肠刮肚之后，才知道任何词都不匹配。
只有名字没有亵渎，纯粹、干净，
于是我一遍遍重复：缙云山、缙云山。

缙云古刹　王敏／摄

在缙云山听雨

山的胃口很大，
很轻松地吞吐太阳和月亮。
我从来不敢贸然进山，经不起这样折腾。
缙云山的诱惑，是人都无法抵挡，
山下找个角落，在没有太阳和月亮的时候，
听雨。

缙云山的雨长出很多绒毛，
绒毛与绒毛之间透出的光影很暧昧，
那是夜的霓虹、夜的魅，与日光和月光无关。
此刻，我愿意在心里呢喃山的乳名——
巴山。然后，巴山的夜，雨。

李商隐已经作古。
巴山夜雨演绎上千年别情、隐情，
有一滴雨留给自己够了，不枉然一生。
在缙云山听雨，灵魂可以出窍，
顺雨而下，嘉陵、长江，直到漂洋过海，
我就在北碚，等你。

刘立云

鲁迅文学奖获得者，解放军出版社文艺图书编辑部原主编。

诗人来到缙云山

北碚人就是慷慨：诗人们来了
拿出七千万年前的一座山
供他们登临

七千万年前的朝日峰、香炉峰、狮子峰
七千万年前的佛光岩、相思岩、舍身崖
一座古寺最是年轻，史载建于南朝
毁于明而复建于清
解说词是李商隐写的，他生于晚唐
字义山，号玉谿生，距今至少 1163 年

与李商隐同朝代，比李商隐更大牌的
王维和杜甫
也来过；还有满腹经纶的司空图
写过《爱莲说》的周敦颐，等等，等等，等等
都曾到此一游，也都曾为它写过诗

但是，那又怎样！大风一年年吹过来
一年年摧枯拉朽，只留下
孤零零的《夜雨寄北》，二十八个字！

而诗歌是一种多么贵重的文字，多么珍稀

缙云山对诗人们说：来了的人

谁也别骄傲，别口出狂言

多么美的文字

多么著名的诗仙诗圣，都经不起大浪淘沙

嘉陵江在低处

庞大的事物总是退守在低处
比如比高山更开阔的平原
比如比大地更谦逊的大海

在缙云山半山腰的翠雨轩喝茶
朋友指给我说：看见了吗？
远处的草蛇灰线，就是嘉陵江

嘉陵江？就是在我读过的中学课本里
一路唱着《红梅赞》的那条江？
我看见它潺潺湲湲
像一只温顺的猫，匍匐在北碚脚下

那年的姐姐那年的黛

黛是一个湖的名字，在北碚
在缙云山。小小的一个湖
野天野地，没有任何
装点和修饰，如同一块未经雕琢的玉
佩戴在缙云山胸前；如同青春
绽放的姐姐，把她的青葱岁月
佩戴在山上的那座果园

小小的姐姐和小小的黛湖
他们相互依存，是一首歌的两种唱法
一首诗的两种写法

是很久很久以前的黛湖了
也是很久很久以前的姐姐
那时他们都年轻
都美丽，都有缙云山鸟一样的歌喉
缙云山云卷云舒般的憧憬

那些年的姐姐和那些年的黛湖
朝夕相处：姐姐在山上种果树
黛湖守在她必经的路上
清晨姐姐上山，让她掬一捧清水
洗她细瓷一样的脸
傍晚姐姐下山，帮她洗赤裸的像藕一样

初冬黛湖美如画　秦廷富 / 摄

白嫩的双脚，洗她肩头上
挑土担肥挑出的，红肿和疲惫

那时青山如黛，青春也如黛
姐姐和黛湖手足情深
他们相互映照又相互记取——
黛湖收藏姐姐的汗水和泪水
姐姐收藏黛湖的梦
然后悄悄把它们写成一首首诗
最美的一首诗，叫《柠檬叶子》

春去春来十九年，风风雨雨
十九年，黛其实是姐姐的
另一个名字
如同她的诗
是美丽黛湖的另一个名字

北碚的第二种读法

来北碚之前我常常把北碚读错
北当然错不了
我从北京来，那是纯粹的北方
也知道李商隐的《夜雨寄北》
就是写给北碚的，缙云山就是他诗里的巴山
但我把碚字读成涪字，似曾相识嘛
当时我心里想，重庆有个涪陵
谁都知道那是出榨菜的地方
北涪（碚）是不是在涪陵的北面？

来到重庆才发现把“碚”字念错了
脸暗暗地红过一次
心里想乖乖，幸亏我没有当官
也幸亏没有秘书给我写发言稿
否则我把“北碚”念成“北涪”
传出去，肯定要丢官又丢人

来到北碚天天听人们北碚北碚的
说北碚如何的人杰地灵；北碚嘉陵江两岸的新城
盖得如何漂亮，如何上档次；北碚制造的
机器人，如何领中国和世界之先
说北碚的道路、水土、森林、商品
北碚老百姓的幸福指数
如何的骄人，如何如何让人眼花缭乱

虽然我第一次来北碚，但我知道
北碚不再是从前的北碚，而是
站在脚手架上的北碚，闪烁在
霓虹灯里的北碚
也是凯歌行进的北碚，奋力高飞的北碚
还是把日子过成诗歌的北碚
今天的北碚与过去相比
已发生百倍巨变，可谓富足的北碚
安逸的北碚，现代的北碚
也是乐不思蜀、日新月异的北碚

告诉你，我现在再也不会把北碚读错了
因为我把北碚百变的姿态
百倍的发展速度，刻在我这首诗里了

梦桐疏影

本名张鉴，中国作家协会会员，重庆新诗学会副会长，重庆市璧山区作家协会副主席兼秘书长，首届“巴山夜雨诗歌奖”三等奖得主。

巨石们的万马奔腾

读北碚，必须读雨后的胜天湖
读胜天湖层层悬叠的石头们
读柳荫镇的“一锤定荫”
读石头们砌出的彩虹

伫立那里，我确信
自己是湖水中的一滴，是天渠近旁的一株柳
在石头的年轮上，我读到
风声、雨声、歌声、号子声
也读到炸药、钢钎、铁锤、錾子们
合奏的雄壮乐声

兄弟们啊，姐妹们啊
石壁依旧叮当作响
如今只做了一挂雪绢的伴音
做了千里沃野飘荡的短笛
一代人的智慧和汗水，就是
细水长流的万年时光

在这里，我必须以温柔之声
朗诵巨石们的万马奔腾

柳荫镇东升村水渠　秦廷富 / 摄

雨后黛湖

大雨之后，鸟儿再次拥有了天空
漫山草木吸入新鲜的气息
重新转世，创造着
一片纯净的幻境

此时的黛湖是缙云闪亮的眼睛
翡翠一般，内心燃烧着七月绿色的火焰
照见那些被雨水迷路的寺庙、荒冢和房舍回家

整座森林都在倾吐久雨之后的喜悦
鸟鸣悠悠，有着清晰的线路
从树梢到湖面
又从湖面散开，珠玉飞溅

夜色中萤火飞舞，亮光一闪
很快消失于丛林

那好，就先入住一朵花里生活吧
风轻轻地来，湖水微笑
泛起点点涟漪

缪克构

中国作家协会会员，上海市作家协会诗歌专业委员会主任，《文汇报》副总编辑。

夜雨图卷

大眼睛的事物
总会一再引发我的猜想——
这是一千多年前的夜雨？
这是涨起来的秋池？
这是翡翠般的黛湖，
和她草叶上的露珠？

“水是眼波横”。自江南，而至巴蜀
自巴山，而至缙云山
时空交错，令人置身梦幻

夜里，一场淅淅沥沥的雨
让李商隐的“有感”和“无题”贴身而来
义山一生最多的诗题
在我，用了一次就不敢下笔
但我仍纠葛于一座山的前世今生
缠绵于一朵云的同一时辰
雨的意象在一座山上缠绕
诗的意境在一个人的意念中徘徊
夜雨寄北，我寄何方？

山水新北碚　黄鑫 / 摄

人生有多少有感，就有多少无题
处处用典，“只是当时已惘然”
当我们弄清典出何处
却依旧在一片云山之中
在山水的恢宏和微澜之处
终年之作，黄宾虹在巴山夜雨中破墨
淡以浓破，湿以干破
破墨，是否也要破解心中的怅惘？

缙云的温泉，洗涤我的疑云
中年是否已成一幅设色图卷
那开上来的花，叫粉红？叫深绿？
——云影无定，一片纠缠

云　山

长江和嘉陵江
未有穷处
她们的脚步是星辰大海
坐看云起时
云被写入一座山的名字
白云生处，是淙淙的温泉
人被云反观着
到半山腰处
竟有了一股仙气

一座云山是否被用作观望?
如我们，又一茬来拜见的诗人
见山不是山，见水不是水
是两江新区那列队跳舞的机器人
是可以
人机对话的“悟空”
是替代我们劳作，甚至写诗的
神秘而又被掌控的钢铁

这就，有了云山之外的云山
天空的那一片云已被智慧存储
层层叠叠的密码，如暗物质
如深不可见的黑洞
如细不可察的量子
掌握着我们的一举一动
唯有那未写出的诗行
仍在巴山夜雨的氤氲中
若有，若无

泣 梅

重庆市作家协会会员，重庆新诗学会理事。

在黛湖，我愿化身为藻

一

纱裙，旗袍，汉服
她们换来换去
拍出的画片，都只是
黛湖的神韵，和黛湖的雅致
绕湖一周，再一周
黛湖还是一样秀美、通透
她们陷入黛色的曲线
仿佛黛湖
在不同方位试戴着的
发卡，或胸花

二

雨的珍珠，串成项链
松果菊，美人蕉
花冠一样
匹配黛湖天然的婚纱
我们在湖边
我们在雾中
湖在天街，雾在腰间
雨滴含翠，拍不醒
仙子们

迤逦又酣美的梦境

三

绍龙观的钟声
越过朦胧与恍惚
确认了欧阳渐书法的禅意
也确认了吴芳吉与黛湖
永生不绝的情缘
那么多雾端坐湖上，双手合十
像在度化水中投影的僧人
几只放生的乌龟
顶着乞望的茧
缓缓划动修行的轮廓

四

传说中的秋池，长大了
缙云山的眼睛，长大了
李商隐的《夜雨寄北》已盛装不下
它跳进傅天琳的诗行
王明凯的抒情
它被蒋登科、唐力、周鹏程
和一群诗人吟出来

就像黛的瀑布湖的浪涛
溢了出来

五

游走黛湖，游走在
水墨画卷中
其实，更像是黛湖
游走在我们心里
挥舞雨的手指弹拨着
动人的琴弦
山青为我所好，水秀为我所好
雨揭开湖面的幽静
荡漾激情的涟漪
突然，我愿化身为藻，为鱼的念头
浓雾一样升腾起来

写意缙云　聂平/摄

瘦西鸿

中国作家协会会员，四川省作家协会全委会委员及诗歌委员会委员，南充市作家协会副主席。

北碚石

重庆市北碚区背靠缙云山，嘉陵江环城而过。因有巨石伸入嘉陵江中，曰碚，位在渝州之北，故名北碚。

水的断头台！

大地的舌头　直伸到嘉陵江心
有谁尝过孤独中宠辱不惊的波澜
一遍遍忍住　嘲弄般地啃噬与舔舐
兀自笃定沿着命运的河道　浩浩汤汤

坚硬的碚石亘在水的咽喉哽在生命的出口

流水自有品性　仿若沿江两岸的花蕊
向着水纹回旋的航道　喊破的嗓音
刚烈的碎为一群瓷片　逆流上岸
柔滑的俯身顺从　穿过了裂缝

水的贞洁坊！

荣荣

鲁迅文学奖获得者，《文学港》主编。

温泉寺

那么多人来了又走了，隐入时光隧道，
我来的时候，他们被我集体深挖一遍。

温暖的或清冽的，热闹的或冷寂的，
泉汤里模糊的脸庞与梵刹前疑惑的身影。

我边挖边感慨，嘘唏时忽见罗汉松下一位老者，
他眼里仿若实质的纠结有浓荫流淌。

类似于早年的缺憾，类似于怅茫或徘徊，
类似于人类一种普遍的叹息。

他也在慢慢转身，也在慢慢消失。
在秋阳的清冷里，我顺手也将他挖了一遍。

俯瞰温泉古寺 / 刘松林 / 摄

黛湖

从高处俯瞰，黛湖像一只栖落丛林的蓝鸽，
或是一小片被浓绿圈出的鸽影。

只要愿意，你就能看到它一飞冲天的身姿，
看到它来不及收拢的翅膀在风中的微摆。

但这只是想象，它不确切也抵不上那些直露的
感叹：天啊，真精致！真美！

而所有的想象与感叹并不打搅一湖的闲散，
并没惊动大群锦鲤在水面拼画一幅幅斑斓。

在铺满落叶和松针的松软小径上，
慕名而来的游人久久流连也行走无声。

这让每时每刻的黛湖都娴静又娇软，
像偌大的缙云山刻意收敛的诗意锋芒。

茅庵迎客松　吴立为 / 摄

傅天琳的金果园

我固执地认为，将一整个果园搬到诗句里的
女诗人，她的内心圆润而香甜。

附带着，她栽种的果树在现实中一定是
有魔性的，比如能歌善舞还会欢笑。

还不忘压上绿色的韵脚，让果实跟上她
当年在果园劳作时的汗水和节拍。

并且还会诵读女诗人写下的诗句，
那些诗句就挂在那些树干上——

这金果园里的金句子，风也附和雨也鼓掌，
让果实从阳光和晨露里提炼更多的甜和色泽。

还有一些特别的酸感，那是离开的女诗人，
在远处记挂它们又无法带走的情绪。

像离别或想念，那样复杂的滋味那样特别的美好。
——傅天琳的美好和金果园的美好。

缙云山

我们曾远远地说起缙云山，说起那里的松翠花香，
说起山顶的云遮雾罩，山下的江水碧流。

还有绕不开的夜雨，高涨的秋池，
西窗跳动的火烛和明显湿润的话题。

说着说着，就进入了千年前那人的心境，
当时太多的情绪也寻到了安放之处。

说着说着就约好同游，想要借一下诗意的
梯子，去缙云山朝行云夜布雨。

现在，我来了你却不在了。那人也不在，
只有他诗句里的平仄，在山道上反复踟蹰。

只有一座座山峰连绵，像不被安慰的等候高耸。
只有朝霞红了晚霞再红，像要遮掩所有被时光所
耽误的……

金刚碑

一个老人在金刚碑找到了他的旧，
旧山水，旧地方，旧日子，旧事物。

旧的面相，旧的背影，与怀旧的旧契合。
旧的相思，旧的怨念，起起落落同步履蹒跚。

走一段旧的长街，抖几个旧的包袱。
听几声旧的吆喝，仿佛又一次被唤了乳名。

一个老人在金刚碑找到了他的旧，
这是他一个人的旧，他的旧不会得而复失。

这没什么不好，在旧旧的金刚碑，
他枕山环水，满眼的秋色像铺展的画屏。

苏美晴

苏美晴，原名杨文霞。中国诗歌学会会员，黑龙江省作家协会会员，首届“巴山夜雨诗歌奖”三等奖得主。

嘉陵江诗序

或是引领。山花与蝶舞，有阅读之美
一条大江的锦绣环城而过，北碚的鼻息下，就有一朵
浸润的花朵
让人感受得到，来自炊烟里呼吸的匀称
灯光约等于星辰，幸福的繁茂约等于花园，楼宇
或者一座城姣好的容颜，取一条江的春色
搅动彻夜无眠的霓虹
都是至臻至纯的景色，秉烛不眠不休的虫鸣

一粒星辰投身江水，与鸟啼对称
嘉陵江就带着母性的语言，与父性的体阔

诗画缙云山　秦廷富／摄

肩负在人间烟火的七寸上
细节得以分析，历程得以遇见
低声走动的身影，于秀丽里招募，一座城
的精彩与不断
先期被北碚以身体为岛屿，探身进去
热衷辉煌的贩卖，也热衷一张水印的信笺，
带动清爽与清新

北碚，让一条大江有了高度识别的能力
青山一座，桃花两片，悠扬的琴声用身体
弹奏
以嘉陵江为耕耘的犁锄，羁绊远方的游子
借着浪花写出乡愁的笔体
一串芭蕉，遗落所有夜雨的滴落
巴山被运到梅雨的边缘，却是一条大江的
盛典，刚刚开启

就是胖头鱼，红豆杉，光学，微电子，白兰瓜
就是汽笛，茂盛与幸福
光影在江水里打转，泛着几朵浪花
洇湿了一座城的版图。北碚，像一颗明珠缀在
嘉陵江边
嘉陵江让一颗明珠的光泽永不生锈

谭朝春

中国作家协会会员，重庆市北碚区作家协会名誉主席。

偏岩古镇印象

古戏台很安静
几根木柱老而不朽
苦撑着
过往的光阴

街尾那间铁匠铺
夫执小锤妻舞大锤
琴瑟和鸣
火花铿锵飞

小河叮叮咚咚
从深山走来
穿街而过，带来山野
清澈见底的情怀

黄葛树挺立河岸
看小桥，看游客
让簇新的叶片
在沧桑的枝干上摇曳

偏岩朝霞　明俊雄 / 摄

丛林驿站　陈飞胜／摄

谭 萍

中国诗歌学会会员，重庆市作家协会会员，重庆新诗学会副会长。

雨中黛湖

隔着雨帘相望
你是缙云山最深情的留白
最怜惜的小女儿
宁静内敛
旷古的相思点点滴滴
从氤氲的湖面升起

宛如一块碧玉
融化在蒙蒙烟雨
美人蕉举着微醺的金盏
红颜枫深情凝视
相对无言
婆娑世界里
你是一泓清流
一支孤独的天籁

盈盈一脉间
润湿了谁的眼
谁的心开始慢慢融化
巴山夜雨传乡音
我终于认定
你就是那传说中的秋池
涨了一千年
依旧纤尘不染

多想驾一叶扁舟

停泊在你流转的波心

你的天光云影里

正值青春华年

西窗从此明亮

足以谋生，谋家，

亦谋爱

磨滩飞瀑

越过峡谷高山
流水片刻也不停歇
逢着绝险处，便纵身一跃
没有犹豫与隐忍
毫不理会命运的捉弄
摔打，甚至撕裂

这水中的斗士义无反顾
如万千箭矢射向大地
发出雷鸣般的吼声
一路高歌奔向远方
这是怎样一种决绝的气势
一种磅礴的生命之力

看似柔弱的小水滴
一旦汇聚成瀑
每个细胞都充满了能量
大地微微倾斜了一度
河道起身相迎
仿佛又深陷了几米

大磨滩瀑布　冯平／摄

水墨色的天空中

隐隐露出一抹亮色

是虹是雾是浪花飞溅

生命历经波澜壮阔

愈加充实与欢娱

磨滩之上

花草树木濒水而生

似在低头致敬

蒙蒙的水汽扑面而来

我的内心一片战栗

唐力

中国作家协会会员，重庆文学院专业作家。

北碚怀思（组诗）

一

你刚提起笔，一滴雨就落向了纸面
晚唐的雨、巴山的雨——
一滴萧瑟的雨，一滴哀婉的雨
一滴忧愁的雨，思念的雨
慢慢地在时空中洇染
成为窗外那团似雾非雾
似烟非烟的缙云之云，变幻至今

你的窗下响起了涛声
这是逆流而上的水，来自千年之后
簇拥在你的窗下，一排波浪——

踮起脚尖，看到了你
伏案书写，披着夜色的衣衫……

二

沿着金刚碑的石阶往前走
米行、油行，不见了
酒坊、茶馆、客栈、铁匠铺，不见了
只有一棵百年的黄葛树还在，古意婆娑
消除了时间的敌意

烟雨依旧朦胧
我们相信，这是民国的雨
这是清朝的雨，这是唐朝的雨
滴沥而下

一列雨缓，淅淅沥沥
是穿长衫的梁漱溟、孙伏园
吴宓、翁文灏、老舍……迎面而来
一排雨急，沙沙作响
是一队沉重的运煤工，躬行在
时间的隧道里

而属于你的一滴，来得最晚
带着晚唐的气息
我们看到你清晰的影子
在那滴雨的内部
悠悠吟哦：巴山夜雨涨秋池……

彩色致富路　秦廷富／摄

三

你在写诗——

以云为笺
以雨为词
以波声为韵
以烛光为笔——

你在唐朝的夜晚写诗

一千多年的夜晚
叠加成一个夜晚

仿佛我，就在夜晚的背面

我在读诗——

仿佛你和我
仅仅隔着一张纸

四

思念在一滴雨里
无数的思念，构成一条雨线

回忆在一滴雨里
无数的回忆，构成一条雨线

日子在一滴雨里
无数的日子，构成一条雨线

脚印在一滴雨里
无数的脚印，构成一条雨线

命运在一滴雨里
无数的命运，构成一条雨线

无数的雨线，构成今天
迷蒙的雨——

漂泊的人啊，归期就在一滴雨里

五

君问归期未有期——

那就寄给北方一片云吧
以泪为笺——

那就寄给北方一片雨吧
以夜为封——

那就寄给北方一支燃烧的烛火吧
以时间为芯——

2020 年 7 月 17 日

田禾

鲁迅文学奖获得者，曾任湖北省作家协会副主席。

黛 湖

一个黛字让这座湖暗含古意

远看
黛湖美得像一件古瓷
缙云山用数不尽的春秋
收藏了它
蓝色的湖水微微荡漾
山影、松树、飞鸟、鱼
都是嵌在上面的精美图案
一个黑色、潮湿的黄昏
也嵌在上面

近看
黛湖是一幅不用着色的油彩
一幅被缙云山收藏的油画
由于蓝色湖水的洇染
或者说一座湖被打翻了
雾也有了深蓝的颜色
秋天了，水有点瘦，山有点寒
夕阳落入山间、水间
秋色那么浓稠
使黛湖形成了自己的风格

果园诗人——给诗人傅天琳

你是一位果园诗人
在果园劳动了 19 年
你与你的姐妹们，用粘满
牛粪、泥巴的手，种下果树
在烈日下为果树除草
在寒冬里为果树施肥
提山间的小溪、湖泊浇园
果树开花了，你露出花一样的笑容
你也成为花中的一朵
果树结果了
你比那熟透的苹果笑得还甜
十九年，你种的果树无数
一棵，一棵，一行，一行
像一首首分行的诗
就这样，你拿起手中的笔
开始写诗了
蘸着露水为果园写诗
蘸着泪水为苦命的姐妹写诗
写与你的爱情一道萌芽的果树
写果林中最有韧性的柠檬
写苍茫大地的一万亩辽阔

你的身体是属于果园的

你的灵魂是属于诗歌的

你把大半的青春交给了果园

把自己的一生交给了诗歌

你的诗歌果实累累

已结成一个诗歌的大果园

果园金秋　吴祥鸿／摄

缙云山

一座离重庆城最近的大山
古木参天，山崖陡峭，瀑布倒悬
瀑布轰隆隆的水声
像三峡周边零星的发电站
给太阳月亮注入无限的电源
使缙云山有了长年的光照

植被从山下铺到山上
虽然是深秋了
但一半叶子枯黄、掉落
一半叶子还是绿色
半山青叶透着绿色的光芒
显然缙云山还剩下半个春天

山顶总有洁净和缓慢的云
安静和潮湿地呼吸着
月亮正在天边摆渡
黛湖是最好看的眼眸
秋风吹落的红叶
在缙云寺大院里旋转
那是秋风在为寺里的僧人
发送寒冬的袈裟

万启福

重庆市北碚区作家协会名誉副主席，重庆市“五个一工程奖”获得者。

胜天湖畔

来到你的身旁
仿佛来到梦境

湖水像一面初磨的镜子
一望无际地绿
远处的山峰，四围的茂林
静静地倒映

胜天湖　秦廷富 / 摄

千万斛水瀑发出喧响

带着你无尽的欢笑

流向偏岩老街那些黄葛树

流向静观那些蜡梅花林

我闻到水汽中的香味了

追溯你到华蓥山深处

光明寺岩穴的一碗水

十二茅坡的香茅，三元洞的苔藓

涵汇的不只是幽谷的泉水

不只是山花艾草的大野芳芬

我回想你怀抱中的桃花小岛
凝望左岸竹山泻落的美女瀑
当我目数那一级一级叠加的青石
訇然一悟，你高高的坝体
与柳荫凌空飞渡的水槽，同样表达的
是不可遏止的美好愿景

离开你时，真舍不得啊
我把眼光投向滔滔不绝的瀑布
瀑下，竹溪河把你美丽的梦
远远地远远地延伸

2020 年 7 月 23 日夜深

王淋

重庆市作家协会会员，重庆新诗学会副会长兼秘书长，《银河系》诗刊编辑部主任。

大磨滩瀑布

在伏特之前，河流也许是最初的电流
它的能量既可行船，又可推磨
如果河道坏了，出现溃堤，那就是漏电
有时会死很多人，因此我怀疑
溺水而亡其实是触电身亡
而石磨应该是最早的电机
虽然不产生电能，但能把坚硬的季节碾碎
碾出生活的香味。那时，几乎

所有河流的断裂处都有一台石磨
人们知道利用河水的落差解放自己
也解放日子。因此，几乎
所有的河流断裂处都叫磨滩
梁滩河偏大，所以叫大磨滩
伏特之后，电流进入了人们的生活
河流的断裂处就成了纯粹的风景

大磨滩飞瀑　余梅 / 摄

撇开自然属性，河流的断裂还有文学价值
比如古诗词的上阕下阕，中间断开
形成断裂（也可叫落差）之美
以此调整呼吸，然后进入新的高潮
如果断个不停，就形成现代诗的很多段落

为了欢迎我们的到来，梁滩河
收集了连日大雨的鬃毛和马蹄
赶到天高水阔的大磨滩放牧，那
万马奔腾的场面，当地人说
多年未曾有过

码头没有轮渡

北碚嘉陵江大桥打着圈一挥
正码头的轮渡就给删了
同时删除的还有去对岸东阳镇
近半小时的弯弯绕

除了轮渡，一切照旧
奔流的江水，太阳和月亮
只是码头的漂亮得足够辽阔
夜市的香味得足够诱人

带上你的家人和朋友踏月而来吧
河风正劲，夜色正深，酒香正浓
如果你正在恋爱，那就牵着手来
用俄罗斯冰激凌喂养爱情

知道你生日里加班辛苦
小城的成长，有你的付出
你在微信里流着泪说，想
干掉几十只张牙舞爪的小龙虾

这就去码头订位，老地方，临江靠窗
来不及买蛋糕和蜡烛
就用圆形的广场和霓虹代替
闪光的大桥，只当是包装用的彩带

等你到来，我就邀请大江一起唱歌祝福
又送上夜色的锦盒，装着两岸珍珠
你赶紧拍照上网，去晒幸福指数
至于码头没有轮渡，没有就没有吧

王明凯

中国作家协会会员，重庆市作家协会荣誉副主席。

宿在碚城的细雨中

宿在碚城的细雨中
适合庄生梦蝶
看见李商隐从晚唐的落寞中走来
做了秋池边，巴山夜雨的囚徒
把个赤多白少的缙云风月
拧成眉宇间，驱不散的愁云
望着那淅淅沥沥的雨
将一杯忧思，举得肝肠寸断

那位未知归期的诗人
最终还是走了
留下缙云山，伸长脖子的眺望
留下文学史中，那封寄北的家书
多少年以后，它发出芽来
一株一株地开花
一株一株地结果
一株一株地长成大树
葳蕤了一座小城，绿树成荫的诗魂

有一枝花，叫《柠檬叶子》

她用那黄澄澄的爱

在力透纸背的文字里

反刍过多少口舌生津的味蕾

争先恐后去学那头老牛

用孜孜不倦的跋涉

从《柠檬黄了》的这一头，犁到那一头

又从那一头，犁到更前头

看天宽地阔的学府

阳光明媚的枝头栖满鸟语

沐浴了嘉陵江吹来的风

出落成缙云山下，亭亭玉立的风景

它种的花，是会读书的花

它植的树，是会写诗的树

收下那些花和树为徒

一江碧水绕碚城　秦廷富 / 摄

就从他们，会说话的眼睛里
读出诗歌，永远的羽翼和光芒

去新诗研究所，听花开的声音
从花团锦簇的柳丛传出来
从书声琅琅的会堂传出来
从一首又一首飞奔的诗韵中传出来
从一部又一部诗论的瀚墨中传出来
传到重庆，传到北京
传到漂洋过海的英吉利和美利坚
五湖四海的目光投过来
把一座小城，拥为诗歌如火如荼的花讯

终于找到梦中的秋池了
去黛湖的涟漪中，读巴山的倒影
去金刚碑的往事里，寻隐公的足迹
去大沱口，江水滔滔的回环处
捞起湿淋淋的诗句
在铅华褪尽的码头挂一盏心灯
照亮诗人远去的归程
君问归期未有期，巴山夜雨涨秋池
何当共剪西窗烛，却话巴山夜雨时

王太贵

鲁迅文学院新时代诗歌高级研修班学员，曾获首届“国际诗酒文化大会”现代诗金奖，首届“巴山夜雨诗歌奖”三等奖得主。

缙云山，一场夜雨的唐诗副本（组诗）

一

我要写的家书，其实并不比一首诗更长
舟行嘉陵，逝去的浪花，在素雅的稿纸上
推开虚拟的字迹，从水路折返长安不可能了
雨水清瘦如字体，腰带拒绝象征，庙堂的渊薮
抵不住一纸相思，我承认，我无法折出有趣的信笺
雨未落之前，你要穿过的黑暗
正被某双纤手挽住，笔尖顿挫时，我的思念
像缙云山的雾霭，灯芯越来越短
剪刀不语，那些消失的事物
又在闪烁的光线下，盎然起伏

二

研制缙云甜茶的人，一辈子沉浸在甜蜜中
他的苦，始终与甜为伴。茶树依靠云雾生存
高处，紫红色的叶片正按住肚腩上
松弛的修辞，光线成为时间的筹码
就像我，此刻啜饮甜汁，压低内心的弦音
而山下的嘉陵江，如失传的颂词
把古老的音阶，一点点堆积，又一次次拆散
没有人相信火，但甜茶走进茶罐的过程

一定修改了某些人的臆想，彩色步道虚脱成
胖子的睡衣，登山者中，有人低声背义山诗

三

雨水给我暗示，带着昨夜月亮的毛边
登缙云山，云霞从记忆深处为我们
修改的镜头越来越模糊，一个时辰前的胜天湖
此刻的金刀峡，仍然有不明所以的平面
等我们去白描，白鹤们在伏案写作
流水顺从命运，穿过洞口，像为了证明
互补的空间，依然有纠缠不清的言辞
峡谷上古藤倒挂，来过金刀峡的人
再也不会沉默，藤条攀附在石壁上
每一年，都会把石头攥得更紧一点
一旦松手，石头就会被诅咒，瞬间破碎

四

北方是个谜，而秋天正适宜歌颂
清晨，老父亲从楼下菜畦割回
一把带着露珠的韭菜。而我的朋友张落
在朋友圈发了一行阿赫玛托娃的诗句：

红日初照缙云塔　何静／摄

前所未有的秋天建造了高高的穹顶……
如果每一个汉字，都能代替马蹄声
虚构的归期，也就拥有可以预设的结局
巴山，一小片阴凉下的砚台
唯有研墨时，才能听见自己真实的心跳
窗外漆黑，雨水似丰盈的真理
一直在敲打我单薄的屋顶，灯芯跳跃
悲剧是，行程匆忙，却总是南辕北辙

五

巴渝十二景，相对于十二个时辰
我总是怀疑自己，踏上的这方异乡土地
已在一张斑斓的画布上，结出生动的果实
静观镇的蜡梅开了，两万余亩的馥郁花香
比哲人的语言还要深邃，哽在喉中的叹息
像个特例，雪花还在飘，一束蜡梅的国籍
如清癯的骨骼，花径在最后一行诗句中
穿过狭窄的平仄，香料近了，它在不远的地方
向凉风做最后的哀悼，而瓶子已经空虚
暮晚晦涩，无数梅树抱着涛声，浅浅入睡

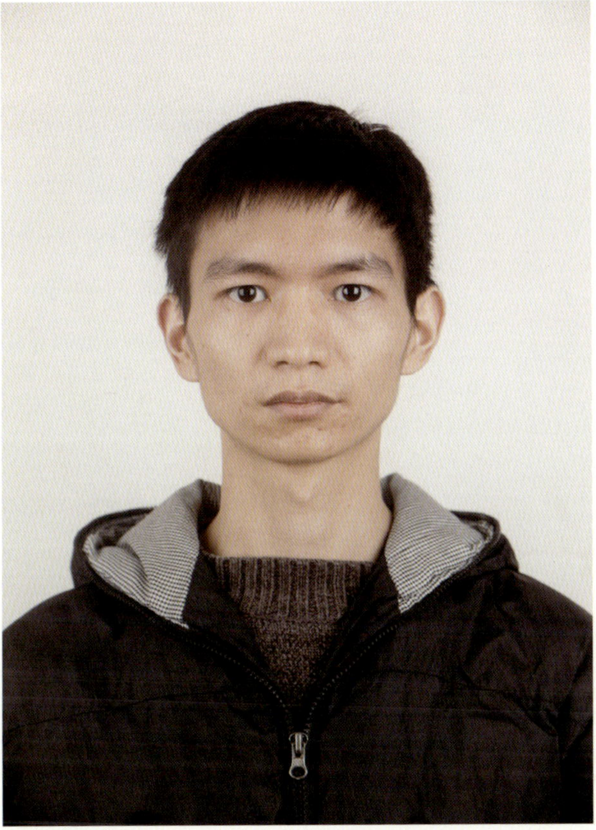

王瑶宇

有作品见于《中国诗歌》《散文诗》等刊，首届“巴山夜雨诗歌奖”三等奖得主。

在塔坪寺

宋代烧制的砖瓦，经过日出日落的漂洗
便有了时间的齿印与指纹。
视觉，投射在错落的黑白线条间
想象力得以捕获一种气息——
朦胧的铜臭。香，绸缎一样。

禅味弥漫。久远的雨水
如果曾经将梵音奏响，现在就依然奏响；
曾经朝代的皮肤，是沁凉的
现在就依然是沁凉的。
就像那周遭盘旋的山脉
驾驭着龙虎之躯，誓要捣毁史官手中的笔
但脚步何曾挪动了一步？

砖墙是潮湿的，岁月是橙色的——
经文是流淌的，老和尚是空心的。
如果有什么在指针转动的间隙沉淀了
一定不会是内心的淤泥。
一定不会是头顶的天空，清澈
抵达不了清澈见底的河边。

与北温泉拥抱在一起

泉水从岩石的心脏中喷射出来
将时光的肌理，幽蓝的梦
以花朵的形式打开。
四溅的水珠，似煮沸，温度熨帖试探的指尖
接近于一种温柔的邀请——

这时我借用哲学家的舌头：没有什么
比这无形胜有形的水
更能了解人心的了。我也可以借用
诗人的宣纸：写下的文字
无色无味，而思绪的花瓣
仿佛在秋雨中落了一地。

我的奇经八脉完全被这泉水贯通了。
血管里的火焰，恢复至
松针落地那样的宁静；
骨头里的绳结，自行瓦解，精气神犹如
松柏二树屹立的影子。

我感到世界的飞翔技能被唤醒。
我的肉体化作一股向上的蒸汽。

杨 煜

本名杨献平，中国作家协会会员，曾获第三届冰心散文奖单篇作品奖、四川文学奖等数十项，首届“巴山夜雨诗歌奖”三等奖得主。

缙云山上

开始是：绿色藤蔓带领苔藓
在人脚下，缠绕世俗之外的师法自然
鸟鸣中的露水
落在黄葛树和大地
联系的紧要处。我一路向上
气喘吁吁的年代
一个人的内心，有着万千的浪花
与马蹄。最好的回声
应当是从唐朝传来。爱你的永在
不爱你的亦永在
日暮之后，只等夜里的巴山
有远古的钟鸣
叹息，贴着鲜活的肉身
一路逶迤，从李商隐的笔端
抵达我们所在的今天，尤其是灵魂

金刀峡中

太美的，还是身外之地

金刀峡中，流水穿过花朵的栅栏

风在细密的叶子上

找到世上，没有任何机心与嫁妆的爱情

只是这名讳

侠气纵横。它在提醒人间

男人要有血性

柔润之心。偏正午的日光

从崖边追踪潮湿的阴影

好清凉的所在，我坐在一座角亭之下

闭上眼睛，万千的私语

骑着龙吟与虎啸

于精神的旷野，建筑禅定与诚笃之塔

飞瀑迷情　李继洪／摄

叶延滨

中国作家协会诗歌委员会主任，《诗刊》原主编。

缙云山上云

傍在大重庆的大江边上是雾
浮在北碚的高山顶上头叫云——

雾气说人间是看不透的江湖
云朵白得真叫人想要写首诗

在雾里哥们儿呼朋唤友烫火锅
在云间诗人就是那孤独的鹰

雾里行人都爱在朝天门挣钱

云中游客几位去缙云寺问道？

身子还在雾里忙着找寻自己

心儿已在缙云山飘逸成白云……

植物基因库　马轶丰／摄

巴山夜雨时

李商隐这首诗只有四行
四行写于北碚的短诗
却先后重复写了两次
四个字的巴山夜雨
一是正纷纷下着
涨了巴山秋池的夜雨
一是相聚之愿景
剪烛共话心上那场雨……
两场夜雨依然在下着
下了千年成一个隐喻
隐喻是一个诗学话题
北碚有西大的大学校园
校园里有棵枝繁叶茂的树
大树学名“新诗研究所”
进出大树有交接暗号——
问话：巴山夜雨时
答道：吕进思弟子

殷艳妮

重庆市散文学会会员，首届“巴山夜雨诗歌奖”三等奖得主。

偏岩古镇的清晨

从偏岩古镇升起的清晨
是从黑水滩河醒来的清晨
它在流经接龙场的小石桥时
有了短暂而深情的停顿

百老泉酒坊的门，破了一个洞
丘二饭庄的丘二，将一盆
石磨碾碎的豆子，滤出
月光的白，浣衣的女人
在桥下拍打，石板光滑
岁月的深红若隐若现

豌豆粉、红糖块、坨坨冰糖
集市的吆喝，在流水的上方
迸出脆甜的声响
糯苞谷、水芹菜、嫩黄瓜……
古镇的清晨，原来可以
如此新鲜

偏岩古镇　吴祥鸿 / 摄

一个人的偏岩

时间是静止还是流动
在此处，已没有意义

三百年还是五百年的时光
都折叠进黄葛树的盘根错节里
一棵棵向水而生的意志
终不过换算成
三人合抱，或
五人合抱的问题

吊脚楼上，老酒馆尚可沽酒
王挂面依然卖面，戏台的灯笼高悬
而曲目未改

临街作画的人，我悄悄走近他身旁
画布上的风景，没有我

于是，我加快了脚步
一个人在古镇，不敢
待得太久，怕生出
停泊的意愿
和思念的愁

雨馨

中国散文学会理事，中国作家协会会员，《散文家》执行主编。

雨　后

雨后
一行人揉揉眼睛
走进蕨叶伸展的盘山路
蝉声如墨
豆大的墨汁在云雾中晕开

摇下车窗
一湖翠凝的果冻照得出人影
迅速掏出手机
把每朵花每颗露珠紧紧捉住
风摇落一把影子
针尖般的小红鱼
四面八方涌来 聚拢成一个好看的红灯笼

真想停在岸边
假装拿着花名册
给它们一条条点名
再起个好听的名字

雨后　吴祥鸿 / 摄

唉——

城里来的人

疲倦烦躁的人

像我一样　把心丢进湖里

俯身草丛　树下躺躺

忘了吧忘了那些加班，拥堵

那些永远干不完的工作

回到山中

蓄满浑身的洁净

蓄满醉了又睡　睡了又醉的

深深浅浅的绿

再回去

金刚碑

多希望
这是碚城的第一场雨
第一次云雾
结结实实
把江南江北包裹
绵密的花香
黄葛兰和白栀子
让我闭上眼睛也能分辨它们

此刻
金刚碑正匍匐如一只毛色发亮的猫
湿漉漉的取景框里
店铺、屋檐、路灯和石板路
被我折叠成一个手势

江水明亮
大家在它面前站一站
就不知不觉镀了层语惊四座的神光
巴山寂寥
秋池向晚
此刻，我怀抱仅有的天赋
冥想如一块江石

金刚碑飘零巷　陈远鸿 / 摄

月若初见

重庆市作家协会会员，诗作散见《诗刊》《星星》等。

东升水渠

在这里。我必须保持仰望的姿态
才能看清一块块石头垒筑的彩虹的高度

必须走进它的胸膛，才能走进
一座渠驮着水流奔向田野的速度

必须靠近它高高擎举的立柱
才能摸出一块块石头筑渠意志的硬度

五十年。它交出体内的黄金
在东升大地上铺满黄金柳

它交出体内的氨基酸与矿物质
喂养土生土长猕猴桃生活的清甜与饱满

它越过一道道坡坎
打开柳门农家小院致富的活水

它不断掏空自己，喂养出
一个名叫东升的中国美丽乡村

美术乡村——东升 秦廷富／摄

胜天湖

在胜天湖。每一滴水都在修行
身处高山，却有着不动声色的低调与安静

它清洗内心萌生的草木之念
保持干净通透的影子，遵循清晰的边界律令

它洗出澄澈的天空，如白云轻盈的翅膀
从淤泥里拔出新生的绿意

它懂得节制与分享，跳出欲望的深渊
多余部分以涓涓细流润泽田野

在这里。人们凭借船只或者鱼竿
从镜面打捞垂钓澄明的自己

赵晓梦

诗人，《四川日报》文体新闻部主任。

盘石听风

十万狮吼，十万波涛汹涌
推远山的轮廓和嘉陵云水天光
狮子峰的庞杂捂不住太虚塔铃
坐下去的身体紧紧抵住岩石
生怕一阵风，吹走眼前的朝晖

那些散落一地的松针，重复
计算的时间笔记，要在风中
辨别寄北夜雨的正确读音
必须掸去屋顶树叶的杂念
专注于群山烟岚云岫飘逸

一天中最好的光景，不是
星辰把院墙的余生压低
有风吹过的阑珊灯火
抵不过蟋蟀借风声自远
——失去的又在山间漫漶开来

黛湖观云

松针是认真的，枫叶是认真的
湖水是认真的，闲云是认真的
水里的鱼和草是认真的
就连偶然闯入的风都是认真的
彼此屏住呼吸，辨认对方的
模样。属于深秋该有的模样

认真的石头截住了时间的来路
和去路。森林环顾森林
万物都在湖面静默如初
白云和蜗牛爬得悄无声息
红嘴蓝鹊转动聪明的眼睛
盯着水中同样清晰的面庞
就是叫不出自己的名字

山中望月

失去的青春全都在树下
一枚松针压着另一枚松针
越来越苍老的容颜，全都
贴在树干上。想要拾起的
月光散落一地，风一吹
刚签收的账单又挥霍殆尽

我回来，压低夜莺的嗓音
人性的弱点爬满枯枝败叶
这样的盲枝不剪，月光至少
少三倍。几十年来
脚步一直在准备，泥土之上的
岩石还是那么沉稳。松果的
嘴唇里，谁都有一吐为快的冲动

连一声鸟鸣都没有的丛林里
大山的气味全都释放出来
怀念枝头上猫头鹰的梦境
正在离开身体的月光
又向树后的缙云寺爬去。山风里
还能听到我的心跳与叹息

空山新雨

该来的总会来。山路崎岖
柠檬在秋天身上使劲泛黄
一到这里，身上的力气就小了
脑子只用来思考眼前的事情
其他地方都空空荡荡
风晃动着每一片叶子，也晃动着
每一颗开裂的果实

阳光藏在阴云背后沉默不言
脑子空出来的地方装不进新东西
看水，水就在山间岩石上流淌
看云，云就在树梢上飘飘荡荡
雨点的深浅与冷暖
不过是一只鸟惊飞另一只鸟
缺席的肩膀寻找着张开的嘴唇

我不走了，让雨滴一个一个地来
从红豆杉和无刺冠梨上来，从斑竹
刺竹上来，菊花、栀子、银杏
早已占据方位，飞蛾树张开蝴蝶的
羽翼，金黄色的绒毛落了一地
竹荪和香菌醒来，强势得一塌糊涂
——地上全都是尊卑长幼的序次

魅力碚城　杨世兰／摄

林中漫步

一键清空的地方，被安排的生活
都留在了山下。语言上的隔阂
现在全都还给了花草树木
香樟活到今天，才知道所要的不多
所谓不朽，那都是写在纸上的谎言
人在石头上的留名，远不如地里的
青铜一眼看得透彻

一晃而过的溪流从北向南倾斜
像是预先想好了灵感的出路
螃蟹借助一块石头磨砺细沙的刀子
水杉还是亿万年前的模样，云雾
在山间走得不紧不慢
潮湿的青石板尽可能放缓脚步
山峰如同江中舟楫，时隐时现

灌木丛埋伏的困难，终究没能阻止
松针压着的时间重新回到鞋底
阳光落地的声音像是下雨一样
丁香即使闭着眼睛，也知道花楸树
的方向。苔藓复制苔藓
在白日不到的缓冲地带，青春自来
让山林和沼泽如你所愿

众山皆响

沿着松针铺排的时间，眼睛和心跳
都在为寂静让路。花开少三倍又何妨
我不说话，并不代表忍冬违反祖宗家法
离开很久了，没有人否定猴欢喜和琼楠
开花的意义。给一棵树立足的机会
如同给一只鸟准备领唱的嗓子
让大山躁动的心灵有了确切下文

肩膀能卸下满天彩霞，太虚塔能独自
面对整个天空，山寺的晨钟暮鼓刚过去
风又追着塔铃漫山飞奔，峰与谷
都逃不过宿命。茫茫雾海罩不住清晨的
一滴露珠，伯乐树从来不会躺下来说话
蓝色天空下，只有扫帚在搭理白云观的
青春。让尘埃再无商讨斟酌的余地

没有人会以道德的名义简化幽径飞瀑
夕阳纠正着香炉峰悬崖绝壁上的相思
传说都是浮云，只有山的灵魂守望相助
红豆杉扶不起散落一地的风花雪月
重新拼凑拢来的石桥长亭精巧坚固
炊烟摇曳的弧度有限，西窗共烛的情绪
才抬头，就被寄北的夜雨打断
只有芍药、牡丹、绿梅、茶花完好无损

走到山下

从黑暗到明亮。如果近距离凝视
你会明白，那些昂扬着头颅的葵花
其实并不需要阳光。因为一片草的约定
它们从未缺失，十月你必经的路旁

谁可以告诉我，这里的一切都曾尝试
屈向丛林的台阶，屈向刺进天空的阁楼
成为一种向上攀登的方式
但它就在那里，在你的一瞥里

就像门板对光线充满畏惧
你的现身让溪涧在桥的跨度里
有了一个完整的段落。不用回头
雾霭中的嘉陵江，带不走北碚的云霞

必须承认，晨钟和暮鼓遗忘了山寺
一阵微风，茶花的手指，让密林下的
山体，有了一颗玻璃心
每一次走近，都让我看到山的众神

沉默，寂静，呼喊或者回答
都在山下的泥土持续生长
桢楠拒绝复制荆棘疼痛的尖叫
却无力摆脱宫殿致命的索取

因为有洞穴，才有了山的修行
这些道友，并不需要登临山巅
一炷清香一轮明月，都能让他们
在半路上截住你身体的疾病

一座城的人，都为这座山骄傲
而我宁愿把一生的激情
都浪费在色彩变暗的山下
守着一块墓碑——我在这里

山寺歇阳

如果阳光必须重来，一定是
树木通过树木
在楠木的膝盖下，茶杯的揣摩
得到了证实。桂花和石榴的枝头
秋天赋予的辽阔只在屋顶显现
地面一片空白，似乎在挑选可以
站立的词。我知道
香烛和钟鼓在加速归还风的眼睛

半野生的水杉轮换着山林的色彩
低矮的黄杨因为紧张
迫使桌面上的手掌张开了秘密
那些闪耀着光芒的往事
在失去靠背的竹椅上溃散逃离
我不知道，有多少岁月
在这寂静的屋檐下长久焚烧

必须承认，廊柱的阴影也有光明

时间的转角处总有脚步苏醒

在你意想不到的时候缝合伤口

连同窗格上落下的灰尘

从未离开香樟树看护的黄昏

为了一个可以照亮的词

许多事还未开始就已结束

遥望瀑布

没有什么比这更偶然的了
我被缩小在片瓦的凉亭里
水从比天空更高的山崖坠落
脚下的深潭早已乱成一锅粥
群山被瀑布的幸福感染
阳光和白云奔跑在裸露的岩石上
飞鸟的翅膀淹没了山岭
声音回响着声音，声音是最好的
证明：
“这世界活着并且在燃烧”

大磨滩星空　余梅 / 摄

镇定，我让身体的每一个地方都
保持镇定，直到肩膀顶着心
直到风把悬崖从肩头卸下
生活的碎屑，无与伦比的犹豫与胆怯
在众山皆响的激流中重新命名
身边不再被注意的人和事
也被这敞亮收容，被打磨成不可见
很少惊慌的树，整个下午
都没再落下支撑梦境的松针

鸟鸣山谷

峡谷站立，以北温泉的名义
为嘉陵江的困顿指明方向
就像一枚扎进岩石的铁钉
紧紧勒住灌木丛的大拇指

但是，那些松针的棋子
已落满棋盘的另一半
那个隔江对弈的人，还没
出现在茶杯的空隙里

无须多言，磐石已在回答
山的提问。猜对了
死亡就是对舌头的控制
如同泥土对树根的依偎

胆怯的阳光拒绝敞开林荫道
却始终保持敞开的大门
掩护蚂蚁从松茸的身体撤退
让松针重新有了呼吸

北碚温泉谷　秦廷富／摄

风，也只有风能撼动
雷霆万钧的原始丛林
我确信，从松果里听到了
大海的声音

无须从鸟鸣开始，眼睛的
相遇里全是崭新的名字
比声音更透明的名字：
我的缙云，我的北碚

震杳

本名刘洋，中国诗歌学会会员，黑龙江省作家协会会员，首届“巴山夜雨诗歌奖”三等奖得主。

缙云山记

登山时是白昼，但内心想着的
却是一千多年前的子夜

巴山夜雨，谁是草木中最孤寂的一株？
他把自己的命，横在锦瑟上
一弹，根根皆断

唐，在李商隐的身上，消瘦下来。在来自
北方的追问下，雨开始倾斜
敲打黑暗中的未知

时间，是一切的谜。旋动水的涟漪
诗人在揣测中替换着修辞
曾问过天地，问过命运，问过冷暖
现在，轮到自己被问
被舌尖抵在了纸上

唯有比喻在雨夜是干燥的。西窗，轻轻一擦

就亮了。那场绵延的秋雨，经你一弹

千年不歇。而烛火

始终在向不可剪的明日移动

缙云山上，什么不在滴落？

风蒙上树叶的眼睛。我的心，滑向漫涨的秋池

云中黛湖　黄鑫 / 摄

白鱼石

远看近看，这爿巨石，都不像鱼
但，浮在江中千载不沉的，不是鱼
还能是什么？
勒进命里，越来越深的，不是纤绳，还有什么？

观，要以心，而非以眼
无数出蜀入蜀的人，都从它身上看到了
一条鱼正吞着水浪
把冷暖，浊酒般饮了下去

吃鱼的人，吃尽了天下的鱼，却对白鱼石
无从下箸。钓鱼的人
钓尽了天下的鱼，对白鱼石，无从下饵

总有一条鱼，游离在人类的认知之外
它永不闭合的眼里
期待着一场大水

阅尽了沧波的鱼，必然是白的。如雪，如练
如枯发。
踏上白鱼石，嘉陵江就开始晃动起来
两岸的草遽然深茂。
此鱼庞然，并非没有化鸟的可能

郑劲松

西南大学档案馆、校史馆、博物馆副馆长，重庆市散文学会副会长。

以诗歌的名义命名山水——写给缙云诗会

山，叫缙云

水，叫嘉陵

诗意的山水，天然押韵

其实，山，也是一道高耸的水

不信你看，山顶的白云或者雾气

那一团团，一群群的奔马

那一挂挂，一簇簇的云絮

那气象，那流韵

从山尖倾泻而下，

那无声的瀑布

那向高处流动的水啊

那咏叹的高度，那绘画的幽深

那是水写的诗，

该有多美

这道水，这位从千里之外的秦岭深处

款款深情而来的女子

岂不明眸善睐，岂不为这位秀美的缙云公子而沉醉

一个美丽地拐弯，一次慵懒地躺下

所以，这道水也是一座横着书写的山啊

不信你找找江边的鹅卵石

你会抚摸到叶脉、森林和鸟鸣

当你往江边一站，你会看到清澈的碧波中

一匹天光云影的山峦
随便扔一块石子　就会击中山间寺庙的钟声
或者一群飞鸟　衔来一片树叶或者云彩

山不在高，有诗则灵
水不在深，有诗则清
在北碚，你可以顺着水进山
也可以登着山入水
比如，在一个神清气爽的日子
顺着滋润的雾气进入一颗叫作黛湖的绿宝石
你的心，
你的眼睛，
你的全身都被打湿
你会感念这至真至纯的山中岁月
无事流泪
流泪后发现，你已成为黛湖的一部分
一尾沉思默想的鱼
一行自由自在的诗句

去白云观绍龙观问道
去缙云寺问禅
去洛阳桥、八角井边问那个状元书生
去狮子峰问狮子，问星星，
问山为什么高，月为什么小

八桥叠翠嘉陵江　秦廷富 / 摄

问云为谁蒸、霞为谁蔚
问风，问雨，问——
我是谁？
千年的钟声已把岁月唤醒
千年的温泉已把相思洗尽
千年的唐诗早已替你作答——
君问归期未有期

那么，就背负缙云山，面朝嘉陵水
读一首春暖花开的诗吧
名词是山
动词是水
风吹来的曲
雨打出的调
太阳出来是故事
月亮出来是歌谣
山水之间
每一天都上演一部诗剧
它的题目叫——
　　北碚
北碚

周鹏程

中国作家协会会员、重庆新诗学会副会长，曾获重庆市“五个一工程奖”。

缙云山遇见李商隐

我是在沉默中上山的。一棵树和我一样
一言不发
一棵树来自唐朝。没有谁知道何日是归期
而我，从一首诗里阔步走下来
身披雨雾
比诗人更迷茫

我只是一个不断向缙云山攀登的人
至于是谁
道破了那场夜雨的秘密
至于是谁
在涨水的秋池边梦回长安
或许，这是巴山夜雨千年之魂
每一朵芬芳都点着烛光
每一条心河都闪耀着白帆
在异乡的人都可以叫李商隐

金刚碑在醒

没有一样是多余的，打伞的女人经过飘零巷
她的忧郁满怀是必需的

青苔是必需的，黄葛树是必需的，煤窑是必需的
恢复到近代
让月亮照亮民国的影子，等等，都是必需的
少一样
金刚碑醒来就是残疾

物是人非，并不要紧
嘉陵江在唤醒金刚碑，一个人在唤醒金刚碑
我感觉他声嘶力竭
像悠悠渡口，像回水沱声声如钟鼓

最后的金刚碑

深睡的金刚碑，渐行渐远的金刚碑

醒吧，金刚碑

把门前的温塘峡

涨成秋池

让满街的李商隐都有归期

让更多的《夜雨寄北》在秋光中

参加新一届缙云诗会

金刚碑　陈远鸿／摄

祝宝玉

安徽省作家协会会员，有作品发表在《诗刊》《诗选刊》《星星》等，首届“巴山夜雨诗歌奖”二等奖得主。

北碚造句，用诗行明证日子的花开春暖

一

贴合嘉陵江的流动
晨曦衬映出世俗生活初始的底色，绚烂，明媚，安宁
向两岸望去，是更广阔的人间
村野，城市，山峦，以及其他的河流

这是一种曲折但向上的趋势
在北碚，风声透明
白云复述着无限的蔚蓝，草籽在四月里长出叶片
身体里的沉默析出晶莹的盐粒
胜天湖的水面上倒映着万物的本相，摇曳，动荡
捉摸不定

我与北碚走进彼此的梦中
升腾，对称，浸渗，时空完全契合，多年前的一个午后
我猜测，可能的相逢
“一定就在这，笔触下最深的一小段”

二

裁剪缙云山，拼凑我的日暮乡关
隐喻因莫大的空寂而渐次失效
朝深山里走出，追撵那些消失的事物，轻薄的烟岚

目力不能及，与北碚
只隔着一帧幻想，其厚薄等同于醒木上的余响

峡险，山雄，水秀，瀑多，潭碧，洞幽
过金刀峡，像是在尘世的历练，送走前人
迎迓后人
在其间获得新的启示，脚步沉浸于悠远
手掌上的划痕悄然愈合

返回尘世，短暂的停顿
在北碚，我找到我自己，在失去之后我拥有的
全部
平常的幸福，花开春暖
预言般的光和亮，从我的手臂上滑过，而我
并非两手空空

三

北碚造句，词牌嵌入
宋韵跌宕，开阖，婉约或豪迈，走笔渐入佳境
石头抽身于流水，铺垫抵达后院的小径，柴扉
推开
搬移山峦布置于行间距，一首词意境的旷远
由此显现

华蓥秘境　吴祥鸿 / 摄

隐约的，春风掀动漪波

从金刀峡里取出金刀，切割时空的经纬
纵横，交织，闪烁的亮点
是北碚，是一枚呼之欲出的鸟啼，挂在高远的峭壁上
于是，诗意陡峭，词汇沧桑
整篇幅的典故散列，骑白马的人随着嘉陵江环城而过

四

溯游嘉陵江，在三月蒙蒙的雨中
抵达北碚。这是最初的形式，也是最终的形式，漫游
闲散的步调，走来走去
755 平方公里的每一寸，皆染指我的足印，以及画情诗韵
在北碚，我让渡出我的姓氏
将地域上的山河嵌入笔画的横平竖直
缙云山，北温泉，华蓥山，胜天湖
在高低里延伸字句的起伏，腾挪出一株树的位置
安插我的今生，枝叶繁茂，弥合天命的缺口
在岸边坐下来，我看到年华流速太急
以不动的北碚为参照，漫长的一生变成瞬间
我必须去爱，更加深沉地热爱：北碚
“相信有更多的未知
不能改变的是，我和所有事物保持着时差”

倘若用一生的时间为北碚写一本书，我愿意
在封面上
署上一个过客的名字

五

感知到这寂静的一生已过了近半
我有一种恍然
并在摇晃不安里念及曾经的北碚，时光的白
卧在书脊上

当然，我把这些理解为幸福的一种样式
恬静于无事的午后
坐看缙云山，它的缭绕，像一缕从经年里传来的声音
偏离了原初的声线，拖曳着泛黄的故事
尘埃漂浮，落定，人间事不可挽留

把灵魂暂时从肉体里请出去
把胜天湖的波漪请进来
为我洗涤肌体里的污垢。这么多年来，一个人茫然
奔跑
未曾超过一座山脉，而另一个自己落在遥远的身后
我要等一等，并在这里独坐

春夜戌时，我动用一颗星星
唤醒一条河流，这是某个偶然事件的开端，像风
落在纸上，吹动我为北碚写下的句子

历史遗存、现代积淀与北碚的诗文化

蒋登科

吕进老师说："行到北碚必有诗。"我也是这种感觉。很多来到北碚的朋友都留下了优美的诗行。

触发诗人创作灵感的，往往是自己的内心体验和外在世界的"合谋"，当诗人在某个特殊的场景、氛围中受到了触动，就可能引发创作冲动，调动既有的知识、情感存储，从而创作出优秀的诗篇。《自在北碚——第二届缙云诗会作品集》是诗人们来到北碚甚至遥想北碚的诗意收获，我对北碚和这些作品的产生过程都有一些了解，先后参与了重庆诗人看北碚、"巴山夜雨诗歌奖"征集和评审、著名诗人北碚行等系列活动，这些都属于缙云诗会的组成部分。可以说，缙云诗会和其他一些诗歌活动有所不同，它是一个延续性的过程，既可以为诗人提供更好的参与、感悟、创作的时间与氛围，也可以在北碚形成浓郁的诗歌氛围。

北碚拥有优美的自然风光和深厚的历史文化底蕴。这些都是诗歌创作的重要资源和营养。

北碚有国家级风景名胜区缙云山、缙云寺，有著名的北温泉、温泉寺，有嘉陵江小三峡，有重庆主城最高最宽的磨滩瀑布，有华蓥山脉的大量奇异风光，更有开始于20世纪20年代的城市规划、建设……在北碚，人与自然和谐相处，形成了一种相互依存、相互尊重、相互促进的共同体。

自唐代以降，许多文人墨客来到这里，或者路过此地，留下了大量的优秀诗文，最有名的当数李商隐的《夜雨寄北》，它为北碚留下了“巴山夜雨”的美誉。陈子昂、王维、李白、杜甫、司空图、周敦颐、冯时行、刘道开、王尔鉴、周开丰、张问陶以及现代的朱德、郭沫若等都留下了关于北碚或者涉及北碚意象的诗篇。王尔鉴亲自遴选的巴渝十二景，就包括缙云山的“缙岭云霞”。这些作品主要涉及缙云山、温泉寺、北温泉、嘉陵江小三峡、磨滩瀑布等，可以看出，在历史上，北碚辖区之内的自然风光、佛教文化、休闲文化等一直都具有特色和影响，受到了文人墨客的关注和吟咏。

抗战时期，国民政府迁都重庆，许多文化、文学、科技、教育、管理等方面的人才迁到北碚，一些政府部门和复旦大学、江苏医学院等高校也迁移到北碚，使北碚成为抗战文化的中心之一，被称为“小陪都”“陪都的陪都”。这些人物和机构为北碚的社会、文化、科技、文学等的发展留下了丰硕的成果，使北碚的文化和社会发展获得了一次飞跃。在文学方面，老舍、梁实秋、艾青、胡风、路翎、萧红、端木蕻良、萧军、吴宓、方敬等作家、诗人创作了大量的文学作品，不少作品涉及他们在北碚的生活、工作，不仅将北碚的影响推向了全国，也成为北碚文学尤其诗歌发展的重要营养。

在北碚这片土地上，各种历史、文化方面的纪念设施可谓星罗棋布，中国西部科学院旧址、张自忠烈士陵园、乡村建设遗址群等入选国家级文物保护单位，有“百馆之城”的美誉。

诗歌之所以成为北碚的一张名片，除了这里拥有悠久的历史传承和文化积淀外，也与不少诗人、评论家在抗战时期和解放之后长期在北碚生活、学习、工作、创作、研究有关，方敬、邹绛、吕进、傅天琳等等更是成为“北碚人”。在20世纪80年代的诗歌热潮中，吕进先生于1986年6月在西南师范大学（现为西南大学）主持成立了中国第一家专门研究新诗的实体机构“中国新诗研究所”，这个研究所既是新诗研究的重镇，也成为海内外诗人、评论家聚集、交流的地方，成为不少诗人、学者心中的“圣地”，有效地延续和拓展了北碚的诗歌文化。缙云诗会的举行其实也和北碚具有深厚的诗歌文化底蕴，尤其是拥有中国新诗研究所和一大批具有影响的诗人、评论家有着密切的关系。

今天的北碚已经发生了翻天覆地的变化。城市翻新了，地域拓展了，交通便捷了，繁忙的生活中蕴含着一份悠闲，现代化的发展中保留了一份自在。来自全国各地的诗人在过去或许不熟悉北碚，或者对北碚了解不深，但是，当踏上这片土地，他们都感受到了浓浓的诗意。这种诗意，和北碚的文化传承有关，和北碚的自然风光有关，和北碚的经济社会发展有关。大家对“自在北碚”这种说法特别有兴趣，因为这是和诗歌最接近的境界，是和生命关系最密切的追求。尤其是在生活节奏快、生活压力大的社会语境中，北碚既是都市，也有自然和乡村的风貌，山水林泉峡俱全，可以说将现代与传统、人类与自然、历史与现在、继承与发展等关系处理得几近完美。对于忙碌奔波的现代人来说，北碚肯定是最适合人居的地方之一，适合放松自我，达成身心合一。

我不敢说自己对北碚的诗歌、文化建设做了多少事情，但缙云诗会从策划到举行，我有幸全过程参与了，有些项目还是我提出来并实施的，比如邀请川渝诗人深度采风，举行“巴山夜雨诗歌奖”征文等。读着这本诗选，回想起第二届缙云诗会期间诗人们对北碚的感受，我突然觉得，虽然从现实到诗歌的距离有时很远，但在北碚，二者却是那么接近，甚至是合为一体的。对于北碚之外的人来说，北碚就是诗意和远方，而对于北碚本地人来说，诗意和远方就在身边。北碚天生具有的诗意，很容易让诗人进入其中。我们可以通过当时的记载，回顾一下诗人们对北碚的观感。

吕进先生是“老北碚”了，20 世纪 50 年代就在北碚学习、生活，他写过多首关于北碚的诗歌作品，一首《春到北碚》抒写了他对北碚的总体感觉，恰好切合诗意北碚的主题：

君问春归何处？

半城温泉，半城绿树。

环城江水捧明珠，不染一尘，缙云晓雾。

君问春归何处？
古今沧桑，人物辈出。
三千名流聚一堂，老城新区，美丽画图。

君问春归何处？
古音新韵，满城诗赋。
夜雨巴山今尚在，神州诗魂，北碚居住。

这种惬意的氛围和心境，融合着对历史、文化的追忆，写出了北碚的底蕴与活力！

叶延滨不是第一次到北碚，但每次的北碚之行都会给他带来新鲜的体验：“北碚有诗人，有诗歌教育的机构，而且培养了一批又一批的诗歌研究人才。所以北碚这个地方，是集创作、研究、教育为一体的诗歌重镇。”他到北碚都是因为诗，因为中国新诗研究所，多年前他还在《人民日报》撰文，谈到了他在北碚的朋友。

李少君去过的地方很多。但这是他第一次到北碚，感触良多：“北碚，有青山，有绿水，有鸟语，有花香，更重要的，是有诗意如白云一样萦绕在其上空。”作为《诗刊》的主编，他自然感受到了人与诗、自然与诗在北碚这座城市的和谐相拥。

傅天琳是从北碚走出去的著名诗人，经常回到北碚，感受北碚的变化。一说起北碚，她都会很动情："这么多中国最好的诗人来了，而且是在我的缙云山开这个会，我自豪，我骄傲。""我的缙云山"，既亲切，又自豪。北碚带给她的是诗歌的起步，也是诗歌的积淀、提升。

李琦和傅天琳的关系很"铁"，她的几次北碚之行都和傅天琳有关。她说："准确地说，我是顺着诗人傅天琳的手指，看见了北碚。她劳动过的果园，她的缙云山，她的青春、眼泪和汗水，让一个诗人铭心刻骨的地方怎么可能平常！果真，从 1985 年第一次踏入北碚到如今，我看到了北碚的清新、丰饶、厚重、发展、气度和不同凡响。"她谈到了对缙云诗会的感受："我觉得这可能是我近几年参加过的最美好的一个会，我的身后是美丽的兰花，我的前边是壮美的山河，我的身边是一帮我喜欢的朋友和中国最好的诗人。要是所有的会都是这样的话，我就太爱开会了。"

梁平是重庆人，对川渝诗歌界非常熟悉。他说："在整个川渝的诗歌队伍中间，北碚是一个重要的符号。从四面八方汇聚于此的中国当代诗歌的创作者与研究者，通过中国新诗研究所，生发开去。无论是这个研究所出来的学生还是北碚出去的诗人，他们已经分散在全国各地了，可谓蔚为大观。"在他看来，北碚就是诗歌的摇篮。

荣荣来自浙江，来自海边，她说："缙云山在我心目当中是一个诗歌圣地，虽然这是第一次来，但是心向往之好多年了。北碚对于我们写作者来说是一个人文之地，作为一个写诗的人，不到缙云山来走一走，总觉得在诗歌的地理上缺了一块。因此我来到这里，就是一次人文之旅、诗意之旅、时间之旅、历史之旅。”

刘立云是军旅诗人，长期担任诗歌编辑，他从新诗发展历史的角度谈到了北碚：“在诗歌历史中，中国这么多好的诗人在北碚留下了大量的诗歌，我觉得北碚对中国诗歌的影响是深远的，应该仔细地把这段历史梳理好，作为一个点去把它带起来。现在都在讲文化自信，我觉得北碚应该有充分的文化自信。”

田禾说：“我是来自湖北武汉的，重庆跟湖北山水相连。我到这里来，觉得像到我的亲人身边一样亲切，因为这里跟傅老师有关，我把她当作我的母亲，而且是个真母亲。因为傅老师有两点很像我妈妈：一个是她跟我的妈妈真是同年生的，我的妈妈也是 1946 年生人；第二个是我喜欢她的诗，她是我的诗妈妈。”可以看出，他来到北碚，主要是因为诗歌和文化。

李元胜是重庆诗人，长期考察自然山水，颇有成绩。他就山水与文化的关系谈到了他对北碚文化、诗歌的看法：“以前我们重庆有两座文山，一座是南山，一座是歌乐山。而现在缙云山已是重庆的一个文学地标，成为重庆文山的代表，北碚区也在寻找自己新的文化定位。”

龚学敏细说历史，谈到了历史与今天的关系：“在抗战期间，作为大后方，北碚聚集了很多文人和诗人，也聚集了很多重要的报刊，这对于促进重庆诗歌、四川诗歌，以及中国诗歌的发展和繁荣，凝聚民族的志气，起到了很重要的作用。这种影响至今还存在，这是咱们北碚文化发展走向更好发展的重要契合点。”

缪克构来自上海，他说：“北碚是我的神往之地，不仅仅是向往，是神往。之前读《夜雨寄北》，感觉不太明了，现在突然能够理解到里面的深意。‘君问归期未有期，巴山夜雨涨秋池。何当共剪西窗烛，却话巴山夜雨时。’两个‘巴山夜雨’，就把今天的这种惆怅、把明日的这种回忆放在了一起。我曾经写过，一个诗人如果人到中年还没有来过北碚，那是非常遗憾的。到了这里之后，我觉得这句话甚至可以改为人到中年之后，如果还没有来过北碚，那就不必再写诗了。在以后的创作中我也会始终关注这个高峰一样的诗的圣地。”

赵晓梦是重庆合川人，曾在西南大学求学，北碚是使他的诗歌创作获得提升的重要驿站。他说：“缙云诗会请了这么多名家，他们也都留下了作品，应该将这些作品变成更多的物质形态的东西。比如说，我们要把缙云山打造成有诗意的山，可以打造诗歌长廊、诗歌走廊，形成一道文化景观，久而久之就流传下去了。北碚是我的第二故乡，它的天际线在不断抬高，变化很大。这是一个青山绿水的地方，是一个有文化的地方。把自然和人文串联起来，就印证了我们吕老师写的‘行到北碚必有诗’。”

金涛来自北京，他拿着第一届缙云诗会的作品集，有些激动地说：“这是我第一次来到北碚。我一直知道北碚是一个非常有历史的地方，在抗战期间，有很多的文化名流在北碚居住，创作了非常重要的作品。这次诗会来了很多的诗歌大家和名家，让北碚这座城市充满了诗意，去年北碚第一届缙云诗会之后，编了一本诗选，非常漂亮，从装帧、印制到诗歌的质量都是非常高的，我觉得北碚的诗歌成就是非常高的。”

可以看出，诗人们主要从三个方面谈到了他们对北碚的印象：一是优美的自然风光，以缙云山为代表，构成了人与自然和谐共生的环境；二是深厚的人文底蕴，自古代到现代到当下的文化积淀，尤其是还在继续生长、积淀的诗歌文化，使北碚天生具有了浓厚的文化气息；三是北碚的现代发展，北碚在城市建设、环境保护和社会、教育、文化、科技等方面所取得的成就让诗人们耳目一新。在中国的大都市中，像北碚这种居于大都市，又把自然、文化尤其是诗歌融合在一起，既得到了大发展，又为人们提供了精神依归的城市并不是很多。在此次缙云诗会上，北碚还获得了一个特殊的荣誉，中国作家协会诗歌委员会授予北碚“中国新诗创研中心”称号，中国作家协会副主席、书记处书记、著名诗人吉狄马加亲自授牌。这是对北碚既有的诗歌创作、研究成绩的肯定，更是对北碚诗歌未来发展的激励。

时常有人问我如何才能写出一首好诗。这个问题实在难以回答，我经常保持沉默，或者岔开话题。我感觉，提出这类问题的人，对什么是诗、诗与诗人的关系、诗与现实的关系、诗与文化的关系、诗与语言的关系等，关注得不多，思考得不深，而是试图从“怎样写诗”这种表层问题的空洞答案中寻找成功的方向，其效果肯定不会很明显，因为即使再完美的答案，也都只是一种外在行为。外在行为如果不能炼化为内在素养，再有价值的经验也都只是别人的。在诗歌探索的过程中，提升创作水平最有效的方式之一，就是不断提升文化素养、拓展关注视野，用心体验现实与人生，精读一些优秀作品，揣摩诗人创作时的心路历程，再根据自己的天赋、素养、经历、体验，慢慢摸索。

这或许就是我答应为这部诗选撰写后记的初衷。认真读完这部诗选，我们会对北碚有更丰富、更深层、更本质的了解与理解，如果有机会到实地走走，用心感悟诗人们由现实到文本的秘密，我们不但可以体验山水、文化，也可以由此找到诗歌创作中的诸多问题的答案。

2021 年 5 月 30 日至 6 月 5 日，断断续续于重庆之北